Vorträge für die Loge

Wolfgang Glauche

Vorträge für die Loge

Bibliografische Information der Deutschen Nationalbibliothek

Die Deutsche Nationalbibliothek verzeichnet diese Publikation in der Deutschen Nationalbibliografie; detaillierte bibliografische Daten sind im Internet über http://dnb.d-nb.de abrufbar.

© 2010 Wolfgang Glauche

Satz, Umschlaggestaltung, Herstellung und Verlag:

Books on Demand GmbH, Norderstedt

ISBN 978-3-8391-9551-2

Inhalt

Vorwort   7

Kleine Preußische Reminiszenzen   12
   Vortrag von Bruder Wolfgang Glauche

Die Geschichte des Becherovka   39
   - Einst Karlsbader Becherbitter genannt -
   Vortrag von Bruder Wolfgang Glauche

Die Heilsarmee   49
   Vortrag von Bruder Wolfgang Glauche

Der Riesling   65
   Vortrag von Bruder Wolfgang Glauche

Napoleons polnische Legion   80
   Vortrag von Bruder Wolfgang Glauche

Vorwort

Besonders von totalitären Systemen wurden und werden Logenvereinigungen argwöhnisch beäugt, unterdrückt und verfolgt, denn Diktaturen haben vor nichts mehr Angst, als vor unabhängigem eigenständigem Denken. In unserer jüngsten Vergangenheit war dies im Dritten Reich und in der Deutschen Demokratischen Republik (DDR) der Fall. Mitglieder von Logen wurden kriminalisiert, inhaftiert, in Konzentrationslager gesteckt und auch hingerichtet. Diesen Repressalien war auch der Druiden-Orden ausgesetzt. Von den Nationalsozialisten wurde der Orden 1935 zur Selbstauflösung gezwungen. Nachdem der Orden nach 1945 in Berlin wiedererstanden war, wurde er 1953, nach den Ereignissen des 17. Juni, von den Machthabern in der DDR aufgelöst und verboten. Die immer wieder gegen Logenvereinigungen erhobenen Verdächtigungen und Vorurteile wurden in diesen Zeiten verstärkt, geschürt und als Vorwand für Verfolgungen benutzt. Die Auswirkungen sind noch immer spürbar. Man denke nur daran, dass Logen immer wieder der Geheimbündelei verdächtigt werden. Dabei ist es doch ganz einfach, sich vom Gegenteil zu überzeugen. Wer ergründen möchte, ob an diesen Vorwürfen etwas dran ist, kann sich doch um die Aufnahme in einen Orden bewerben und beitreten. Er wird dann sehr schnell feststellen, wie haltlos derartige Anwürfe sind.

Der Druiden-Orden ist ein 1781 in London gegründeter Männerbund, dem jeder erwachsene, ehrbare, unbescholtene Mann beitreten kann, der sich dem Streben nach Bruderliebe, Wohltätigkeit, Gerechtigkeit und Sittlichkeit anschließen möchte.

Meyers Konversationslexikon beschrieb vor 115 Jahren den Orden so:

»Druidenorden, eine nach den alten keltischen Priestern sich benennende geheime Gesellschaft mit freisinnig-toleranten Grundsätzen, welche mit zeremoniellen geheim gehaltenen Formen verbunden, wohlthätige Zwecke verfolgt, wurde 1781 in London gegründet, fand seit 1833 in Amerika, später auch in Australien große Verbreitung und seit 1872 auch in Deutschland Eingang. Eine Loge des Ordens heißt »Hain« (grove), eine Oberbehörde für ein gewisses Gebiet »Großhain«. In Amerika wurde 1849 der »Großhain der Vereinigten Staaten« gebildet, welchem die oberste Leitung zusteht. Sie haben wie die Freimaurer drei Grade. Vgl. »Druiden-Katechismus« (2. Aufl. Augsb. 1884).«

In den Ordensregeln des Deutschen Druiden-Ordens VAOD (»Vereinigter Alter Orden der Druiden«, United Ancient Order of Druids) heißt es heute:

»Der Deutsche Druiden-Orden dient der **Toleranz, Menschlichkeit, Brüderlichkeit** und **Wohltätigkeit**. Er will zu Frieden und Völkerverständigung beitragen und die geistige Weiterentwicklung seiner Mitglieder durch Vortrag und Diskussion fördern.«

Die auch als Grußformel verwendete Devise des Deutschen Druiden-Ordens lautet:

»In Einigkeit, Frieden und Eintracht«

Ein langjähriges Mitglied es Ordens hat das so gedeutet:

»Die Einigkeit gebe uns die Stärke in unserer Ordensgemeinschaft, der Friede mahne uns zu gegenseitiger Achtung, die Eintracht beweise unser gleichgerichtetes Streben.«

Das halten von Vorträgen ist daher ein wesentlicher Bestandteil der Logenarbeit, weshalb es schon in der ersten »Druidischen Lehren« heißt:

»Befleißige dich, deine Kenntnis zu mehren, denn Wissen ist Macht.«

Gemeint ist hier die Macht des Wortes, nicht etwa politische Macht oder Gewaltausübung.

Jeder Ordensbruder ist aufgefordert, im Rahmen seiner Möglichkeiten und Fähigkeiten hierbei seinen Beitrag zu leisten.

Die Vorträge sollen zu Gespräch, Diskussion und Nachdenken anregen. Es wird dabei aber nicht erwartet, dass Meinungen und Ansichten übernommen werden. Ziel ist es vielmehr, den Blick zu weiten und zur Bildung einer eigenen Meinung anzuregen.

Für die Innenloge gibt es die Vereinbarung, dass über das dort gesprochene Wort Stillschweigen zu bewahren ist. Durch diese Übereinkunft werden offene und vertrauensvolle Gespräche erst möglich.

Ein kluger Mann sagte einmal:

»Rede wie die Meisten und denke wie die Wenigsten.«

Diese Aussage ist für das alltägliche Leben von erheblicher Bedeutung, denn anders zu denken und sich zu äußern als es der Zeitgeist, Neudeutsch »Political Correctness«, vorschreibt, kann böse Folgen haben. Quer zu denken und dann auch noch unangenehme Wahrheiten auszusprechen, war und ist zu allen Zeiten gefährlich.

Die Gründer des Ordens hatten wohl auch den Geist ihrer Zeit im Auge, als sie die Festlegung der Verschwiegenheit trafen, denn soziale und politische Spannungen im England des ausgehenden 18. Jahrhunderts machten die freie Meinungsäußerung besonders gefährlich.

Auch Theodor Fontane hatte sich wohl über den Zeitgeist so seine Gedanken gemacht, als er formulierte:

»Gegen eine Dummheit, die gerade in Mode ist, kommt keine Klugheit auf.«

Da die Menschen sich in ihren Anlagen nicht geändert haben, kann man getrost davon ausgehen, dass dieser Satz noch immer aktuell ist.

Auch wenn man es nicht möchte, wird man doch vom Zeitgeist beeinflusst. Seiner Wirkung kann man sich nicht gänzlich entziehen. Das Gebot des Stillschweigens schützt aber doch ein Stück davor, in das Prokrustes-Bett seiner Vorgaben geschlagen zu werden. Es hilft, die Welt, die Gesellschaft und deren Entwicklung besser zu erkennen.

Vorträge werden aber nicht nur zu ernsten oder philosophischen Themen gehalten. Besonders in den Außenlogen haben sie häufig unterhaltenden oder geselligen Charakter. Schließlich lautet die siebente Druidische Lehre:

»Übe die geselligen Tugenden, so wirst du von vielen Menschen geliebt werden.«

Die Ideen für Vortragsthemen sind unendlich. Sie ergeben sich aus dem Berufsleben, aus Freizeitbeschäftigungen, aus Zeitungsartikeln, aus Beiträgen in Zeitschriften etc. Religiöse Themen und die aktuelle Tagespolitik sind dabei jedoch ausgeschlossen.

Gehalten werden Vorträge in der Innen-Loge, und in der Außen-Loge. Die Themen der Vorträge werden in der Regel frei gewählt, sie können aber auch vorgegeben werden. Bei der Planung der Logensitzungen wird darüber abgestimmt, welches Thema bei welcher Logensitzung vorgetragen werden soll. An der Innen-Loge ist es ausschließlich Ordens-Brüdern vorbehalten teilzunehmen, während an der Außen-Loge auch Gäste und Interessenten herzlich eingeladen und willkommen sind.

Dem Vortrag folgt eine Aussprache beziehungsweise eine Diskussion zum Thema, bei der klare Regeln einzuhalten sind. Es soll so sichergestellt werden, dass jede Wortmeldung berücksichtigt wird und jeder Teilnehmer der dies wünscht seinen Gesprächsbeitrag leisten kann. Es wird darauf geachtet, dass sachlich argumentiert wird und persönliche Angriffe unterbleiben. Das Ziel dieser Gesprächsrunde ist es, miteinander zu sprechen und nicht über einander.

Kleine Preußische Reminiszenzen

Vortrag von Bruder Wolfgang Glauche

Was am 18. Januar 1701 in Königsberg mit der pompösen eigenhändigen Krönung des Kurfürsten Friedrich III. zum König Friedrich I. in Preußen begann, endete am 25. Februar 1947 mit dem Gesetz Nr. 46 des Alliierten Kontrollrates. Mit diesem Gesetz wurde Preußen als Staat von den Siegermächten des II. Weltkrieges aufgelöst.

Interessantes Detail: Einer der Unterzeichnerstaaten waren die Vereinigten Staaten von Amerika. Sie waren federführend daran beteiligt, den Staat zu beseitigen, der sie nach ihrer Unabhängigkeitserklärung als Erster als souveräner Staat anerkannt hatte.

Wenig bekannt ist auch die Tatsache, dass der Große Friedrich nach Kräften versuchte zu verhindern, dass an England Leihtruppen zur Rückeroberung der revoltierenden nordamerikanischen Kolonien vermietet wurden.

Er selbst hatte ein derartiges Ansinnen strikt zurückgewiesen.

Als England zwecks Truppenanmietung am Zarenhof anfragte, war es dem Einfluss des preußischen Königs zu verdanken, dass England in Sankt Petersburg einen Korb bekam.

Erst ein hessischer Fürst war bereit, seine Soldaten nach Übersee zu verkaufen.

Angesichts der derzeitigen Finanzkrise erlebt ein Finanzprodukt eine wahre Renaissance, das in diesem Jahr seinen

240sten Geburtstag feiern kann. **Der Pfandbrief.** Er ist eine Erfindung Friedrichs des Großen. Dieser führte ihn 1769 ein, um den Wiederaufbau nach dem Siebenjährigen Krieg zu finanzieren. Der Pfandbrief steht noch heute für angemessene Vorsicht und berechtigtes Vertrauen.

Kann man, diese Frage stellt sich, einen Staat, eine politische Idee, die trotz vieler innerer Widersprüche bewundert und beneidet wurden, einfach auslöschen?

Kann man annähernd 250 Jahre Geschichte einfach streichen?

In den Köpfen vieler Menschen ist Preußen jedenfalls noch immer gegenwärtig, denn es war ja nicht nur ein Staat; es war auch und vor allem eine vielfach gelebte aufrichtige Haltung und Lebensphilosophie, die mit dem Text zur Melodie des Glockenspiels der Potsdamer Garnisonskirche treffend beschrieben wird:

Üb immer Treu und Redlichkeit
Bis ans Ende deiner Tag´
Und weiche keinen Fingerbreit
Von Gottes Wegen ab

Die preußischen Tugenden werden auch in der Gegenwart von den so genannten Meinungsführern ständig angemahnt. Allerdings wird das Attribut »preußisch« meist verschämt vermieden und das tugendhafte Beispiel selbst vorzuleben, verkneift man sich in der Regel auch.

Nach meinem Empfinden ist von Preußen noch vieles gegenwärtig.

Ich will daher der Frage nachgehen, was von Preußen im täglichen Sprachgebrauch, in Begriffen und Redewendungen noch vorhanden ist?

Ich werde diese Frage nicht erschöpfend beantworten

können, denn dazu ist das Thema zu komplex und die Vortragszeit zu kurz.

Mein Ziel ist aber erreicht, wenn es mir gelingt, Nachdenklichkeit zu erzeugen und Interesse an unserer Vergangenheit und den Lebensumständen unserer Vorfahren zu wecken.

Es kann dann durchaus die Erkenntnis reifen, dass unsere Ahnen doch keine schlechteren Menschen waren, als es die heute lebenden sind. So wird es uns ja vielfach dargestellt.

Sie lebten nur in einer anderen Zeit, mit anderen Bedingungen, an die es sich anzupassen, mit denen es sich zu arrangieren galt.

Anfangen möchte ich mit den vielen Straßennamen, die an Ereignisse oder Personen aus preußischer Zeit erinnern. Ich bin fest überzeugt davon, dass vielen Zeitgenossen diese Tatsache nicht bewusst ist.

Wer weiß denn noch was von Kesselsdorf . Wer weiß, wer Hans-Joachim von Ziethen war oder was bei Sedan geschah. Wer weiß etwas über die Gardeschützen und wem sagen die Namen Wrangel, Fabeck, Wissmann, Peters oder Nachtigall etwas. Wem ist noch bekannt, dass Simon Dach ein ostpreußischer Dichter war?

Bei Denkmälern sieht es vielleicht etwas besser aus, denn selbst der völlig Uninteressierte kann schon an Uniformen oder Kopfbedeckungen der in Bronze oder Sandstein dargestellten Personen ablesen, dass sie der preußischen Zeit entstammen müssen.

Besonders in unserem Sprachgebrauch ist Preußen noch immer präsent, was den meisten unserer Mitbürger ganz sicher nicht bewusst ist.

Überlieferte Formulierungen und Redewendungen werden allerdings aus der Sicht des Zeitgeistes bewertet, was zu manchem Fehlurteil führt.

Eine ganze Reihe noch heute gebräuchlicher Begriffe stammt aus preußischer Zeit und hat ihren Ursprung bei der Alten Armee oder kann auf sie zurückgeführt werden.

Die Bundesrepublik Deutschland als Staat nutzt sogar noch aktiv preußisches Erbe und erhebt beispielsweise Sektsteuer und Hundesteuer. Auch die Mehrwertsteuer kann auf Brandenburg –Preußen zurückgeführt werden. Auf die Zusammenhänge werde ich noch eingehen.

Den wenigsten Steuerzahlern wird bekannt sein, dass die Einkommenssteuer einen handfesten militärischen Hintergrund hat. Allerdings wurde sie nicht, wie mancher vielleicht vermutet, in Preußen erfunden sondern in England.

Die **Sektsteuer** wurde im Deutschen Kaiserreich eingeführt, weil man Geld für den Flottenbau brauchte.

Die Flotte wurde 1919 vor Scapa Flow unter dem Befehl von Admiral Reutter versenkt, um sie nicht den Engländern übergeben zu müssen. Ihre Reste rosten dort noch immer vor sich hin. Die Sektsteuer haben wir immer noch.

Die **Hundesteuer** wurde 1830 in Berlin eingeführt. Sie sollte zur Pflasterung der Bürgersteige beitragen, zu der die Hauseigentümer verpflichtet wurden. Aus der Hundesteuer wurde ihnen ein Teil der Kosten erstattet.

Beispielgebend für die Pflasterung der Gehwege waren die Eigentümer des Hauses Ecke Charlotten-/Französische Straße, in dem die Weinhandlung Lutter &We-

gener ihren Sitz hatte. Der Gehweg vor diesem Haus war als erster mit den später für Berlin so typischen großen Granitplatten gepflastert. Weil diese Steuer doch einiges an Geld einbrachte, führten die städtischen Behörden noch kurzzeitig eine Nachtigallensteuer ein. Die Hundesteuer gibt es immer noch.

Die **Mehrwertsteuer** hat brandenburgisch-preußische Wurzeln. Sie hatte seinerzeit allerdings einen anderen Namen und wurde Akzise genannt. Es handelte sich dabei um eine nicht sehr hohe Verbrauchssteuer auf Bier, Wein, Fleisch, Vieh, Weizen, Holz und verschiedene Lebensmittel und Kaufmannswaren. Der Hof, der Adel die Soldaten sollten davon ausgenommen sein.

Sie wurde erstmals 1658 eingeführt, musste aber im Jahr darauf wieder fallengelassen werden. 1667 erfolgte ein neuer Anlauf. Diesmal sollten alle Einwohner betroffen sein.

Da die besteuerten Waren Verbrauchsgüter waren, blieben die Einnahmen auch nicht aus.

Die Akzise wurde zuerst nur in Berlin erhoben, später auch in anderen Städten.

Beim Betreten der Stadt mussten alle Waren angemeldet werden. Nach dem Verkauf musste auf dem Packhof die Akzise entrichtet werden. Nur wenn diese bezahlt war, durfte die unverkaufte Ware wieder aus der Stadt mitgenommen werden. Die Oberbaumbrücke und die Unterbaumstraße verdanken dem Einzug dieser Steuer ihre Namen. Um die Hinterziehung der Akzise zu verhindern, war Berlin von der so genannten Akzisemauer umschlossen, die meist aus Palisaden bestand. Auch heute gibt es noch eine Palisadenstraße in der Stadt.

Weil viele Waren aber auf dem Wasserweg nach Berlin kamen, wurde die Spree an den oben genannten Stellen durch mit Eisenspitzen bewehrten Stämmen, also Bäumen, nachts gesperrt.

Die **Einkommensteuer** ist eine englische Erfindung. Sie wurde 1799 in England als eine zeitlich begrenzte Steuer eingeführt, weil Georg III. Geld für die Kriegsführung brauchte. Denken wir dabei an die noch jungen Vereinigten Staaten von Amerika und an Frankreich und Napoleon.

Diese Steuer wurde auf 12 Monate begrenzt. Einer Verlängerung musste das Oberhaus alle 12 Monate zustimmen. Dieses Zustimmungsritual findet übrigens noch immer einmal im Jahr statt.

Diese Steuer stellte sich in den letzten 200 Jahren als so erfolgreich für die immer leeren Staatssäckel heraus, dass mir kein Staat bekannt ist, der auf diese Steuer verzichtet. Ausgenommen sind vielleicht die arabischen Erdölstaaten. Spätestens wenn das Öl zur Neige geht, werden aber auch sie sich diesem Erfolgsmodell zuwenden.

Hier nun ein einige Beispiele überkommener Begriffe, denen wir immer wieder mal im täglichen Sprachgebrauch begegnen, obwohl Sprachhygieniker verschiedenster politischer Ausrichtung ständig versucht haben und weiter versuchen, dieses Erbe aus unserer Sprache zu tilgen:

Piefkes; einen Türken bauen; Kümmeltürke; bei der Stange bleiben; sich verfranzen; Blauer Brief; Küchendragoner; Liebesmahl; der Spieß; der Alte; Schnelle Truppen; Mucken; Pappkameraden; Feuertaufe; Eiserne Ration; 08/15; Blaue Bohnen; Marodieren; Kadavergehorsam; Großer Zapfenstreich; Schema F; un-

sicherer Kantonist; Schlachtenbummler; Kohldampf; Fünfte Kolonne; Vergatterung; jemand ans Portepee fassen; Liebstenschein; Mietskaserne; Jacke wie Hose; getrennt marschieren, vereint schlagen; Mayonnaise.

Wir schreiben das Jahr 1866. Nach der vernichtenden Niederlage Österreichs bei Königsgrätz ist der Krieg am 26. Juli 1866 zu Ende. Otto von Bismarck will die totale Demütigung der unterlegenen Österreicher verhindern und setzt durch, dass der Siegesmarsch nicht in Wien stattfindet, wie es von der Generalität verlangt wird, sondern in Gänsersdorf, einem kleinen Ort ca. 20 km vor Wien. An dieser Parade nehmen das III. und IV. Armeekorps und Teile des II. Armeekorps teil. Es sind rund 50 000 preußische Grenadiere, die an dieser Parade durch Gänsersdorf teilnehmen. An der Spitze marschieren hintereinander zwei Musikkorps, deren Musikdirektoren Brüder sind. Der jüngere der beiden heißt Rudolf und ist ca. 1,90 m groß.

Vor ihm marschiert sein mit etwa 1,70 m deutlich kleinerer Bruder Gottfried, der auch der »Große« genannt wurde. Es sind die Brüder Piefke aus Frankfurt an der Oder.

Dieses Ereignis ist der Anlass für die Entstehung des Rufes:

»Die Piefkes kommen!«

Noch heute ist in Österreich die Bezeichnung »Piefkes« für alle Deutschen nördlich des Mains gebräuchlich.

Den beiden folgenden Redewendungen heftet die Political Correctness schon fast reflexhaft den Ruch des Nationalistischen, des Rassistischen oder Fremdenfeindlichen an.

Etwas türken, einen Türken bauen, sagt man im heutigen Sprachgebrauch, wenn eine Sache vorgetäuscht ist oder die Wahrheit verändert dargestellt werden soll.

Während der Regierungszeit König Friedrich Wilhelms IV., von 1840 bis 1861, war es ein auffälliges Bemühen kommandierender Offiziere, bei Truppenbesichtigungen eine außergewöhnliche Gefechtslage darzustellen. Derartige »frei erfundene Lagebilder« waren so beliebt, weil sie vom König gern gesehen wurden.

Der Leutnantswitz bezeichnete solche Gefechtsvorführungen hinter vorgehaltener Hand als Türkenmanöver oder als Türken.

Als erster soll der 1896 verstorbene Generalleutnant von Kotze diesen Ausdruck gebraucht haben, der von 1856 bis 1861 Bataillonskommandeur im Alexander-Garde-Grenadierregiment war. Der Ausdruck soll jedenfalls während dieser Zeit entstanden sein.

Zum Hintergrund:

In der Tempelhofer Feldmark, in der die Manöver der Garderegimenter bevorzugt stattfanden, gab es bis 1866 eine so genannte türkische Grabstätte, bei der es sich aber tatsächlich um die letzte Ruhestätte eines in Berlin verstorbenen persischen Diplomaten handelte, die bei diesen eingeübten militärischen Manövern als Orientierungspunkt häufig eine wichtige Rolle gespielt haben soll und vermutlich für die Begriffsbildung wortprägend war.

Der Ausdruck **Kümmeltürke** ist nicht dem militärischen, sondern dem seinerzeitigen studentischen Sprachgebrauch an der Universität Halle zuzuordnen.

Die Hallenser Studenten bezeichneten einen langweiligen faden Menschen, der sich stets nur in seiner engeren

Heimat aufhielt als Kümmeltürken. Gemeint waren damit Bewohner der Region, die nie über Halle und seine Umgebung hinauskamen.

Dieser Wortschöpfung liegen folgende Gegebenheiten zu Grunde:

Das Gebiet um Halle trug im 19. Jahrhundert den Spitznamen Kümmeltürkei, weil in dieser Region vornehmlich Kümmel, also ein Gewürz, angebaut wurde.

Die Türkei, besser gesagt das damalige Osmanische Reich, war seinerzeit das Ursprungsland der meisten eingeführten Gewürze.

Geschäfte, die Gewürze anboten, warben deshalb auch häufig mit ausgehängten Bildern von Mohren in türkischer Kleidung. Es war daher nahe liegend, aus den Worten Kümmel und Türkei einen neuen Begriff zu bilden.

Die Formulierung, **bei der Stange bleiben**, wird heute gebraucht, wenn man deutlich machen will, dass übernommene Verpflichtungen, Zusagen und Versprechungen einzuhalten und zu erfüllen sind. Man hat also, wie man auch sagen kann, zum Schwur zu stehen.

Warum heißt es aber Stange?

Bei den früheren Heeren sammelten sich die Truppen um ihre Feldzeichen und Fahnen, auf die sie auch eingeschworen wurden. Man spricht daher auch von Fahneneid. Diese Fahnen waren, für die Soldaten gut sichtbar, an langen, hochgehaltenen Stangen befestigt. Auf dem Marsch wurden die Fahnen eingerollt und durch ein darüber gestülptes Lederfutteral geschützt. Sie sahen dann wie dicke Stangen aus. Die preußischen Regimentsfahnen sahen nach dem Siebenjährigen Krieg sowieso wie Stangen aus, da das Fahnentuch fast nicht mehr vorhanden war, weil es in den vielen Schlachten und Gefechten durch gegnerische Kugeln völlig zerfetzt war. Diese Fahnen wurden aber nicht ausgetauscht oder erneuert, weil sie als Zeichen von Tapferkeit und Ehre galten. Sie wurden bewacht und beschützt, selbst wenn es das Leben kostete.

Scharte man sich also um die Fahne, blieb man tatsächlich bei der Stange.

Wer von uns hat sich nicht schon einmal **verfranzt**? Mit diesem Ausdruck umschreibt man gemeinhin den Umstand, dass man sich verirrt oder verlaufen hat. Wann und wie dieser Ausdruck entstand, wird den meisten Zeitgenossen unbekannt sein.

Sinn gebend war auch hier die Alte Armee, und zwar zu der Zeit, als Kavallerieoffiziere wie Graf Zeppelin und Baron von Richthofen vom Pferd stiegen und in ihren Flugapparaten Platz nahmen.

Funk oder gar Radar waren noch nicht erfunden. Die Orientierung war nur mit Bodensicht möglich. Zu diesem Zweck flog ein zweiter Pilot mit, der Beobachter. Dieser zweite Pilot hatte die Aufgabe, an Hand der Karte und den darauf vermerkten Bodenmerkmalen das Flugziel zu finden. Es kam aber relativ häufig vor, dass man nicht dort anlangte wo man hinwollte. Da dieser Beobachter in der Fliegersprache Franz genannt wurde, hatte man sich »verfranzt«, wenn man das gewünschte Ziel nicht fand.

Mitteilungen, die als **Blaue Briefe** bezeichnet werden, bedeuten im heutigen Sinne immer Unannehmlichkeiten.

Seit der Regierungszeit Friedrichs d. Großen wurden an höhere Offiziere gerichtete Kabinettsordres - persönliche Angelegenheiten wie Ernennungen, Beförderungen, Versetzungen, Verabschiedungen usw. betreffend - in Umschlägen aus dickem blauem Papier verschickt. Der Volksmund machte daraus den Begriff »Blaue Briefe«. Der Sinn war wohl zu verhindern, dass Unbefugte vom Inhalt Kenntnis nehmen konnten.

Kaiser Wilhelm I. veranlasste in einer Allerhöchsten Kabinettsorder, dass dieser Brauch beizubehalten sei. Für den sonstigen Dienstverkehr wünschte er den Gebrauch dieser Umschläge tunlichst zu vermeiden. In Österreich sagte man von einem Offizier der pensioniert wurde, »er hat den blauen Bogen erhalten«, weil diese Verfügungen auf blaues Papier geschrieben wurden.

Küchendragoner

Ist die scherzhafte Bezeichnung für eine derbe Köchin. Beim Militär ist es ein Spottname für die zum Küchendienst abkommandierten Mannschaften.

Ursprünglich war Küchendragoner aber ein dienstlicher Titel.

Die um 1700 beim kurfürstlichen Hof zu Ordonanz- und Küchendiensten eingesetzten Dragonerkompanien trugen den Titel »Hofstaats- und Küchendragoner.

In der Schweiz, so las ich, wird die Küchenmannschaft »Kuchidragoner« genannt.

Die eigenwillige Bezeichnung **Liebesmahl** für gesellige Veranstaltungen innerhalb des Offizierskorps mit gemeinschaftlichem Essen ist über das 1. Garde-Dragoner-Regiment in den militärischen Sprachgebrauch gekommen.

Von alters her gab es in den Offizierskorps die so genannten »Ressourcen«. Das waren Zusammenkünfte der Offiziere, der Fähnriche und der Junker im Speisesaal; häufig kamen auch Gäste. Man vertrieb sich die Zeit mit Billard, Whist und anderen Spielen, um dann gegen 20 Uhr gemeinsam nach der Karte zu essen. Wein durfte nicht getrunken werden, nur Bier oder ähnliches. Ende der 1830 er Jahre wurden diese Ressourcen immer spärlicher besucht, bis sie fast gänzlich einschliefen. Es gab viele Erwägungen, wie man den kameradschaftlichen Geist im Offizierskorps neu beleben könne.

Man kam auf die Idee, einen Tag im Monat festzusetzen, an dem auch die verheirateten Offiziere am Mittagstisch teilnehmen sollten. Wer nicht teilnehmen konnte, hatte sich beim Kommandeur zu entschuldigen. Diese Mahle wurden von den höchsten Vorgesetzten gefördert, weil sie auch der Kontaktpflege mit den Offizieren der Reserve dienten.

Man nannte sie daher auch »Zweckessen«.

In der Wilhelmstraße war damals das Gemeindehaus der Böhmischen Brüder, bei denen es Brauch ist, am großen Sabbat vor Ostern bei Vorträgen und Gesang Tee und Zwieback zu reichen. Bei Herrnhutern, Böhmischen Brüdern usw. wird dieser Brauch »Liebesmahl« genannt.

Die Offizier-Speiseanstalt befand sich am Halleschen Tor, also in der Nähe des Gemeindehauses.

Ein Offizier des Regiments, der Leutnant von Bandemer, kam auf die Idee, diese Bezeichnung auf die Zweckessen zu übertragen. So kam es, dass der Ausdruck Liebesmahl für gesellige Zusammenkünfte der Offizierskorps gebräuchlich wurde.

Mit »**Spieß**« wurde im alten Heer der Kompaniefeldwebel bezeichnet, wegen des langen Offizierdegens den dieser trug. Diese Waffe wurde nämlich »Spieß« genannt, obwohl es keine Stangenwaffe ist. Wie diese Bezeichnung entstand, ist nicht bekannt. Auch einer anderen Blankwaffe hat man den Namen einer Stangenwaffe gegeben: der Schläger der Korpsstudenten wird allgemein »Speer« genannt.

Der Alte, ist die Bezeichnung für den Kompaniechef und hat nichts mit dessen Lebensalter zu tun. Die Soldaten Friedrichs des Großen nannten ihren König schon in relativ jungen Jahren den »Alten Fritz«.

Das Adjektiv »alt« wird seit alters her zur Kennzeichnung einer Würde verwendet. Als Beispiel seien angeführt: Gemeindeältester, Stadtältester, Kirchenältester, Stubenältester, Standortältester. Auch im Berufsleben wird oft der Chef, der Vorgesetzte oder der Werkstattleiter »der Alte« genannt.

Von einem umständlichen, langsamen Menschen wird häufig gesagt: »Der ist nicht von der **schnellen Truppe**«.

Der Begriff entstand am Ende des I. Weltkrieges. Die Erfahrungen des Stellungskrieges zeigten, dass mit den herkömmlichen Truppenkörpern aus der erstarrten Front eine Bewegung selbst nach starker Artillerievorbereitung nicht mehr möglich war.

Die Vorläufer der Schnellen Truppen muss man wohl eher als gepanzerte Truppen bezeichnen. In der Zeit zwischen den Weltkriegen und besonders im II. Weltkrieg ging die Entwicklung immer weiter in Richtung stark bewaffneter und äußerst mobiler Panzerverbände.

Widerspricht jemand, hört man manchmal: Der **muckt** auf!

Der Ausdruck entstammt einer alten Schießvorschrift und bezeichnet ein Fehlverhalten eines Schützen.

In Erwartung von Knall und Rückstoß neigt er den Kopf nach vorn, schließt das zielende Auge und bringt die rechte Schulter nach vorn. Für dieses Rühren, sich bewegen hatte sich der bayerische Ausdruck »mucken« eingebürgert.

Pappkameraden ist eine gebräuchliche Bezeichnung für Zielscheiben und andere Attrappen.

Entstanden ist der Begriff beim alten Heer. Ein Befehl besagte, dass nur auf Figurscheiben geschossen werden durfte, auf denen die Silhouetten deutscher Soldaten abgebildet waren.

Durch diese Maßnahme sollte die Herausbildung eines bestimmten Feindbildes verhindert werden.

Die Bezeichnung Pappkamerad ist für die in der eigenen Uniform auf der Scheibe abgebildeten Figuren daher durchaus zutreffend.

Hört man das martialische Wort **Feuertaufe**, denkt man womöglich an Ernst Jüngers »Stahlgewitter«, an Mord und Totschlag.

Gebraucht wird dieser Begriff im Zusammenhang mit einem Soldaten, der das erste Mal in feindliches Feuer gerät.

Dieser Begriff ist aber nicht militärischen Ursprungs sondern stammt aus dem Matthäus-Evangelium. Dort sagt Johannes der Täufer:

»Ich taufe euch mit Wasser zur Buße; der aber nach

mir kommt, der wird euch mit dem heiligen Geist und mit Feuer taufen.«

Unter einer **Eisernen Ration** versteht man umgangssprachlich eine Reserve, die man auf keinen Fall antasten möchte.

Eine Eiserne Portion war der auf drei Tage berechnete Proviant, den der Soldat im Felde für den Notfall mit sich führte.

Die Anfänge dieser Eisernen Portion reichen bis in die Zeit des Großen Friedrich zurück. Seine Grenadiere mussten schon im zweiten Schlesischen Krieg eine »eiserne« Brotration mit sich führen.

Der König hatte nämlich die Vorteile einer gewissen Unabhängigkeit von den Versorgungskolonnen erkannt.

Der Versuch, bereits 1756 eine für längere Zeit haltbare Verpflegungsration herzustellen, schlug fehl.

Die erste gebrauchsfähige konservierte Verpflegung erfand der Berliner Koch Grünberg. Es war die so genannte Erbswurst. Sie bestand aus Erbsenmehl, Rinderfett, magerem Speck, Zwiebeln und Gewürzen. Diese Mischung wurde wurstförmig in natürlichen Darm oder wasserfestes Papier gepresst. Aus der in kochendem Wasser aufgelösten Wurst konnte sich der Soldat in kurzer Zeit mit einfachen Mitteln eine warme Mahlzeit bereiten.

Während des Deutsch-Französischen Krieges 1870/71 stellte eine Berliner Konservenfabrik bereits täglich 100 000 Portionen für die im Felde stehende preußische Armee her.

Bei der Bundeswehr wird die Eiserne Ration als Überlebensration bezeichnet.

Mit dem **08/15** werden Dinge bezeichnet, die veraltet, etwas antiquiert und verstaubt sind. Nach dem II. Weltkrieg wird dieser Begriff auch im negativen Sinne für alles Militärische verwendet.

Ursprünglich war 08/15 die Zusatzbezeichnung für das 1915 eingeführte leichte Maschinengewehr lMG 08/15. Dabei beziehen sich die Zahlen auf das Kaliber und das Einführungsjahr.

Wenn mein Großvater von seinen Erlebnissen im I. Weltkrieg erzählte, kam häufig der Satz vor: »Uns pfiffen die **blauen Bohnen** nur so um die Ohren.«

Dieser Begriff stammt vermutlich aus der Zeit der Vorderlader. Bedingt durch die handwerkliche Herstellung hatten die Kugeln eine längliche, bohnenähnliche Form. Der Zusatz »blau« erinnert an die Farbe des Bleis, aus dem sie hergestellt wurden.

Die Bezeichnung **Marodieren** beschreibt das Plündern, Sengen, und Morden von den Heeren nachziehenden Banden.

Die dem Simplizissimus entstammende Behauptung, dass der Kaiserliche Oberst Graf Merode der Namensgeber für den Ausdruck Marodeur gewesen sein soll, weil er im Dreißigjährigen Krieg eine so schlechte Disziplin in seiner Truppe gehalten haben soll, dass plündernde Nachzügler Merodebrüder genannt wurden, ist nicht richtig. Dieser Ausdruck kommt nämlich bereits früher vor.

Der Ausdruck kommt aus dem Französischen, von maraud = Lump oder Taugenichts und maraudeur = plündernder Nachzügler oder Felddieb. Ca. 1650 kamen diese Begriffe in den deutschen Sprachbereich.

Besonders im Österreichischen wurden mit marode die Marschunfähigen und Revierkranken bezeichnet.

In unserer Zeit beschreibt marode etwas Baufälliges, etwas Reparaturbedürftiges, etwas Erneuerungsbedürftiges.

Der Begriff **Kadavergehorsam** wird verwendet, um absolute Unterwerfung bis zur Selbstaufgabe zu beschreiben. Er wurde seit den 1880 er Jahren von der Sozialdemokratie in der politischen Auseinandersetzung mit dem preußisch-deutschen Militarismus verwendet.

Tatsächlich entstammt der Begriff Kadavergehorsam aber den Ordensregeln der Jesuiten. Ordensgeneral Ignatius Loyola gab seinen Brüdern auf, sich dem Willen der durch göttliche Vorsehung geführten Ordensoberen anheim zu geben, als wenn sie ein Leichnam wären.

Diese Gehorsamspflicht erschöpft sich jedoch in der Befolgung sittlicher Norm entsprechender Befehle. Letzteres galt auch für die preußische Armee. Von entwürdigendem Kadavergehorsam kann also in der preußisch-deutschen Armee nicht die Rede sein.

Der **Große Zapfenstreich** wird auch heute noch aufgeführt, nicht nur aus militärischen Anlässen, sondern auch zu anderen Gelegenheiten: etwa aus Anlass der Verabschiedung eines Bundespräsidenten aus dem Amt. Er ist der eindruckvollste Bestandteil des deutschen militärischen Zeremoniells. Er entwickelte sich aus dem Abendsignal, das zur Nachtruhe aufforderte.

Anlass zu Einführung einer musikalischen Abendfeier war der Eindruck, den F.W. III. am Abend der Niederlage bei Groß-Görschen nach dem Abendsignal empfand, als die verbündeten Russen mit einem Choral den Abend beschlossen. Zar Alexander, der den Eindruck bemerkte, den dieser Gesang auf den preußischen König machte, schenkte ihm daraufhin einen Sängerchor. Diese Sänger wohnten später in den eigens für sie gebauten Blockhäusern in Potsdam- in der Alexandrowka.

Der König, allem Religiösen aufgeschlossen, befahl am 10.08.1813 in einer Kabinettsordre, dass seine Truppen nach dem Zapfenstreich das Haupt entblößen sollen und »ein stilles Gebet, etwa ein Vaterunser lang, verrichten sollen«. Die Trompeter und Hoboisten sollten zuvor ein kurzes Abendlied blasen. 1838 entstand aus diesem Abendzeremoniell unter Leitung des Chefs der Musikchöre des Gardecorps Wilhelm Friedrich Wieprecht, anlässlich eines Zarenbesuches, die zeremonielle Gestalt des Zapfenstreiches. Beteiligt waren ca. 1000 Musiker. Bis auf geringfügige Änderungen wird der Zapfenstreich auch heute noch in seiner ursprünglichen Form aufgeführt.

Mit **Schema F** umschreibt man ein immer gleiches Vorgehen oder eine stets gleiche Betrachtungsweise.

Beim preußischen Militär war es schon länger, auf jeden Fall bereits vor 1860 üblich, Nachweise über die Mannschaftsstärke, also Rapporte, nach einem bestimmten Muster anzufertigen. Diese Nachweise wurden bei Besichtigungen, Paraden u.ä. überreicht. Genannt wurden diese Nachweise Front-Rapporte. Woraus für das Muster dann Schema F wurde.

Mit **Unsicherer Kantonist** bezeichnet man einen Menschen, auf den kein Verlass ist, der wankelmütig ist, dem man nicht trauen kann.

Entstanden ist der Begriff bei der preußischen Armee. Die nach der Kantonsverfassung von 1733 dienenden

Soldaten, Kantonisten genannt, wurden im Jahr meist nur für die etwa zweimonatige Exerzierzeit zu ihrem Regiment gerufen. Den Rest des Jahres wurden sie in ihre Heimatbezirke beurlaubt. Oft jedoch versuchten sie, sich ihrer Dienstpflicht wegen des strengen Dienstes, wegen der kargen Löhnung oder aus anderen Gründen zu entziehen. Die nun der Desertion verdächtigen unsicheren Kantonisten wurden kurzerhand zu Ausländern erklärt und mussten wie diese ständig im Dienst bleiben. Zur besseren Überwachung wurden ihre Namen in der Stammrolle rot vermerkt. Einquartiert wurden sie bei einem verheirateten Soldaten, meist einem Unteroffizier, dem die Verantwortung dafür übertragen wurde, dass sie nicht desertierten.

Unter **Schlachtenbummler** verstehen wir heute Menschen, die ihrem Fußball-Handball oder sonstigem Verein hinterher reisen.

Früher verstand man darunter Zivilisten, die sich aus Schaulust zu Manövern und anderen militärischen Übungen einfanden.

Kronprinz Friedrich Wilhelm von Preußen schrieb am 28. November 1870 in sein Tagebuch: »... die Schlachtenbummler, welche Versailles in immer zunehmender Weise, und zwar aus allen Schichten der Gesellschaft aufzuweisen hat, eine Bande, welche das Kriegsleben bequem, gemächlich und ohne jede Verantwortung und Sachkenntnis mitmacht...«

Gen.-Major a. D. v. Zeppelin schreibt in seinem Kriegstagebuch, dass ein Witzbold seiner Kompanie vor Paris eine Tafel angebracht habe mit der Aufschrift:

»Vor Schlachtenbummlern wird dringend gewarnt!«

Wenn man von »**Kohldampf** schieben« spricht, will man damit ausdrücken, dass man einen gewaltigen Hunger hat. Die manchmal gehörte Vermutung, der »Kohlrübenwinter 1917« habe sinnstiftend gewirkt, entspricht nicht den Tatsachen.

Der Ausdruck ist der Gaunersprache, dem Rotwelsch, entlehnt. »Kohl« kommt von Koller oder Kolter, was Hunger bedeutet. Es hieß auch: es koltert mich, also: ich hungere.

In der schwäbischen Gaunersprache bedeutete »Dampf« ebenfalls Hunger. Die Wortbildung beruht also auf der Zusammenfassung zweier bedeutungsgleicher Worte.

Am Ende des 19. Jahrhunderts gelangte der Ausdruck, der auch in der französischen Fremdenlegion gebräuchlich gewesen sein soll, von den Gaunern in die deutsche Soldatensprache. Von bayerischen und württembergischen Truppenteilen ausgehend, verbreitete sich dann dieser Ausdruck im I. Weltkrieg im gesamten deutschen Heer.

Auch im schweizerischen Heer wird dieser Ausdruck im Sinne von Hunger haben gebraucht.

Mit **Fünfte Kolonne** werden verdeckt arbeitende Agenten, Spione, Verräter oder im Untergrund arbeitende Organisationen bezeichnet. Ich habe aber auch schon gehört, dass im innerbetrieblichen oder innerbehördlichen Mobbing dieser Begriff verwendet wurde.

Entstanden ist diese Bezeichnung im Spanischen Bürgerkrieg (1936-1939), als nationalspanische Truppen in vier Kolonnen aufgeteilt Madrid angriffen und zugleich von ihren Anhängern in der Stadt – einer »Fünften Kolonne« – unterstützt wurden.

So mancher kennt den Ausdruck **Vergatterung**. Ich bin von meinem Chef vergattert worden, den Mund über diese Angelegenheit zu halten. Vergatterung wurde hier als Ausdruck der Aufforderung zu Stillschweigen gebraucht. Tatsächlich bedeutet dieser Ausdruck sich zu versammeln, sich einzufinden auf einem Sammelplatz.

Im militärischen Sprachgebrauch ist die Vergatterung das Signal oder die Ankündigung, dass die Versammlung der Wache beendet ist und dass damit die Wache unter den Befehl des Wachvorgesetzten tritt.

Jemand ans Portepee fassen heißt, einen Menschen bei seiner Ehre packen, um ihn so dazu zu bringen, dass er übernommene Verpflichtungen tatsächlich erfüllt oder einen Auftrag besonders gut ausführt.

Das Portepee war ursprünglich der Riemen, der am Bügel einer Hiebwaffe befestigt war und um das Handgelenk des Soldaten geschlungen wurde, um so zu verhindern, dass ihm die Waffe aus der Hand geschlagen werden konnte oder er sie verlor. Auch das Band der Säbeltroddel und der Faustriemen dienten ursprünglich dem Zweck, das Seitengewehr am Handgelenk zu halten. So wurde es möglich, von der Feuerwaffe Gebrauch zu machen, ohne zuvor die Hiebwaffe in die Scheide stecken zu müssen.

Später wurde dieser Riemen zur reinen Zierde. Die farbliche Kennzeichnung ermöglichte die Zuordnung der Landeszugehörigkeit.

In Preußen war das Portepee im 18. Jahrhundert das hauptsächliche Standesabzeichen der Offiziere. Epauletten und Achselstücke waren nämlich noch nicht bekannt und Ringkragen und Schärpe wurden nur im Dienst getragen.

Wenn der Offizier das Portepee trug, hatte er das Anrecht auf alle seinem Range entsprechenden Ehrenbezeigungen. Das Portepee wurde mehr und mehr zum Zeichen von Ehre und Würde.

1Feldwebel trugen das Portepee seit 1789.

Kennen Sie den Begriff **Liebstenschein**? In der Armee Friedrichs des Großen wurde es gern gesehen, wenn die Soldaten heirateten, denn das beugte einer möglichen Desertion vor. Anders sah es beim 1. Bataillon Garde in Potsdam, dem Leibbataillon des Königs aus. Nach dem Willen des Königs durften diese Soldaten nicht heiraten. »Wilde Ehen« wurden zu dieser Zeit aber mit schwerer Strafe bedroht. Um den Lieblingssoldaten des Königs dennoch die Möglichkeit zu geben, sich dem anderen Geschlecht straffrei zu nähern, dachte man sich eine kuriose Einrichtung aus. Gelang es einem dieser Soldaten eine Frau dazu zu überreden, mit ihm zusammen zu leben, musste er dies nur seinem Kompaniechef melden. Dieser stellte ihm dann einen so genannten »Liebstenschein« aus, auf dem vermerkt war, dass der Grenadier A die Erlaubnis habe, Fräulein B als seine Liebste zu sich zu nehmen. Wies ein Grenadier einen solchen Schein vor, musste die Dienstherrschaft das Dienstmädchen, die Eltern aber auch die Tochter ausliefern. Ein solches Paar erhielt dann eine gemeinsame Unterkunft zugewiesen. Wollte das Paar sich wieder trennen, war das problemlos möglich. Der Grenadier musste nur auf der Schreibstube Bescheid geben und konnte dann sein voriges Quartier beziehen. Die ehemalige Dienstherrschaft der Frau oder deren Eltern waren verpflichtet, diese wieder ohne Vorwürfe bei sich aufzunehmen. Für Kinder aus solchen Verbindungen erhielt die Frau einen geringen Unterhalt. Sie konnten aber auch im Potsdamer Militär-Waisenhaus abgegeben werden. Für diesen Fall musste die Mutter des Kindes eine Bescheinigung des Bataillons vorlegen, welches belegte, dass sie in der fraglichen Zeit die Liebste eines Grenadiers war.

Unter dem Leben in einer **Mietskaserne** versteht man Wohnen in Behausungen, in denen es an allem fehlt.

Der Ausdruck Mietskaserne steht als Synonym für menschenunwürdige Unterbringung.

Entstanden ist dieser Begriff Ende des 18. Jahrhunderts in Berlin.

Die Kaserne in der Köpenicker Straße und die Artilleriekaserne vor dem Stralauer Tor waren leer, weil die dort stationierten Regimenter verlegt worden waren.

Mit königlichem Erlass vom 25. März 1795 wurden sie zur Vermietung freigegeben. Die vermietete Kaserne oder die Mietskaserne war geboren.

1806, nach den Niederlagen von Jena und Auerstädt, wurden weitere Kasernen in Berlin frei. Sie wurden ebenfalls vermietet und »Familienhäuser« genannt.

Die seinerzeitige Wohnsituation in diesen Häusern ist für uns kaum noch vorstellbar und muss wirklich schlimm gewesen sein. In den Wülkenitzschen Familienhäusern am Hamburger Tor sollen die Verhältnisse besonders drastisch gewesen sein.

Die Kasernenbauten waren so angelegt, dass von langen Fluren eine Reihe von Zimmern mit jeweils einer Kammer abging.

Je ein Zimmer mit einer Kammer war für eine Familie vorgesehen, unabhängig von deren Größe.

Als diese Kasernen noch von den Soldaten bewohnt waren, lebte in dem Zimmer jeweils ein verheirateter Soldat mit Frau und Kindern. In der Kammer waren zwei unverheiratete Soldaten untergebracht, die an die Familie einen Zehrgroschen zu zahlen hatten, für Verpflegung und Wäschereinigung.

Der verheiratete Soldat haftete dafür, dass seine Zwangsuntermieter pünktlich zum Dienst erschienen und nicht desertierten.

Jacke wie Hose sagt man, wenn man ausdrücken möchte, dass man in einer Angelegenheit immer zu demselben Schluss kommt, egal unter welchem Aspekt man sie auch betrachtet. Dieser Ausdruck entstand in Berlin, aber nicht beim Heer.

Geboren wurde dieser Ausdruck Ecke Jägerstraße/ Oberwallstraße. Dieser Ort wurde übrigens damals im Volksmund als »gleichgültige Ecke« bezeichnet.

Um 1850 herum verkaufte dort Louis Landsberger als erster in Berlin fertige Herrenbekleidung – wenn man so will Konfektion -. Hosen und Jacken hatten bei ihm den gleichen Preis. Es war also alles »Jacke wie Hose«.

Der Ausdruck, **getrennt marschieren, vereint schlagen,** wird in der Politik benutzt, aber auch im geschäftlichen Leben. Er besagt, dass man gemeinsame Ziele auf unterschiedlichen Wegen verfolgt.

Die Aufstellung dieses Grundsatzes wird fälschlicherweise meist Helmut von Moltke zugeschrieben. Er wird aber schon von Scharnhorst gefordert, während Napoleon ihn meisterhaft beherrschte.

Mayonnaise? Was hat diese kalt zu verzehrende Soße aus Eiern und Öl mit Preußen oder mit Militär zu tun?

1756 begann der Siebenjährige Krieg. England unterstützte Preußen mit Subsidien, also mit Geldzahlungen, welche Preußen die Kriegführung erleichterten. Außerdem waren die hannoverschen Truppen zum Schutz der königlich-englischen Stammlande aufgeboten. Englands Interessen lagen aber nicht hauptsächlich in Europa sondern in Übersee, in Nordamerika und Indien.

Preußens Militärmacht nötigte Frankreich, welches mit Österreich verbündet war, eine starke Armee an seiner Ostgrenze zu halten. Diese Truppen konnten also nicht in Übersee eingesetzt werden. Dadurch wurde es England wesentlich erleichtert, Frankreich aus Kanada zu vertreiben. Man kann also durchaus sagen, dass Preußen nennenswert dazu beigetragen hat, Englands Position in Übersee zu stärken. Die Idee des britischen Regierungschefs William Pitt war es, Kanada in Deutschland zu erobern. Und so geschah es dann auch.

In dem oben erwähnten Jahr gelang es dem französischen Marschall Louis Francois Armand du Plessis, Herzog von Richelieu, die Briten aus Mahon, einer Stadt auf der Mittelmeerinsel Menorca zu vertreiben. Im Ergebnis ging Menorca für die Briten verloren.

Dieser Sieg wurde am französischen Hof mit großen Festen und Siegesmählern gefeiert. Bei einem dieser Feste erfand ein Koch eine besondere Sauce, die er Mahonnaise nannte. Der besseren Sprechbarkeit wegen wurde daraus Mayonnaise.

Diese Sauce verdankt also ihre Entstehung militärischen Verwicklungen, an denen Preußen wesentlichen Anteil hatte.

Das Tragen einer Uniform war damals besonders in Preußen, aber auch in anderen Staaten üblich und weit verbreitet. Es war eine Ehre, des »Königs Rock« zu tragen.

Darum noch eine kleine Anekdote zum Thema Uniformen und Militär in Preußen.

Ein Gardist der Garde du Corps hatte Ausgang und ist auf dem Weg zurück in seine Kaserne. Er sitzt in der Straßenbahn und weil er einigermaßen angetrunken ist, nickt er immer wieder ein. Als er nach solch einem Kurzschlaf wieder einmal hochschreckt, sitzt ihm ein Uniformierter gegenüber, ein Salutist, ein Angehöriger der Heilsarmee. Eine solche Uniform hatte der Gardist noch nie zuvor gesehen.

Er grübelt und grübelt, was das für eine Uniform sein könnte. Er kommt nicht darauf.

Die Neugier lässt ihm schließlich keine Ruhe und so fragt er seinen Gegenüber:

»Sag mal Kamerad, bei welchem Regiment dienst denn du?«

Der Salutist antwortet:

»Ich bin ein Soldat Gottes!«

Beeindruckt meint daraufhin der Gardist:

»Mann, da hast du aber einen ganz schön weiten Weg bis in die Kaserne!«

Zu guter Letzt möchte ich einen Mann zu Worte kommen lassen, der aus Sachsen stammend, bei der Kaiserlichen Marine im Ersten Weltkrieg diente, also persönliche militärische Erfahrungen sammeln konnte.

Sein Name ist Hans Bötticher, sicherlich besser bekannt als Joachim Ringelnatz.

Geschrieben hat er dieses Gedicht in seiner Muttersprache, in Sächsisch.

IN D'R INSCHRUCKZIONSCHDUNDE

Der Gorboral schbricht zu seinen Regruden:
»Ich hab eich nu schon seit zwanzich Minuden
Genau erglärd, wie's Gewehr gonschdruierd;
Nu will ich mal sähn, wie ihr Esel gabierd.
's grichd jeder 'ne Frache, doch bidd ich mer aus:
De Andword muß wie mit Bulfer heraus.
Sie da, der Miller! Gerl! sähn se doch her!
In wieviel Deile zerfälld das Gewehr?«
-Ä kurzes Bedenken, dann brillt der Regrud:
»s gommd ganz druff an, wie mer'sch hinschmeißen
dhud!«

Literaturhinweis

Transfeldt, Walter, 1986: Wort und Brauch in Heer und Flotte; 9. Auflage. Stuttgart: W.Spemann

Glauche, Wolfgang, 2004: Pro gloria et patria?: Die totale Institution Militär am Beispiel der brandenburgisch-preußischen Armee. Norderstedt: Books on Demand

Ringelnatz, Joachim, 1994: Sämtliche Gedichte. Zürich: Diogenes Verlag AG

Die Geschichte des Becherovka

- Einst Karlsbader Becherbitter genannt -

Vortrag von Bruder Wolfgang Glauche

Karlsbad wird nicht ohne Grund zu den herrlichsten Heilbädern der Welt gezählt. Alexander von Humboldt nannte Karlsbad einen »Brillianten in smaragdener Fassung«.

Kaiser, Könige und Fürsten gehörten zu Karlsbads illustren Gästen.

Bereits im 18. Jahrhundert suchte Peter der Große in Karlsbad Heilung und Linderung. Auch die Kurfürsten von Sachsen, Hannover und Brandenburg konnte man hier treffen. Später gaben sich die Hohenzollern und die Habsburger ein regelmäßiges Stelldichein, dem sich die Könige von Neapel, Griechenland, Rumänien, Bulgarien und Holland anschlossen. Den Schah von Persien, russische Großfürsten, türkische Prinzen und indische Maharadschas konnte man in Karlsbad flanieren sehen.

Auch Johann Wolfgang von Goethe wusste Karlsbad zu schätzen. Belegt ist, dass er sich13 Mal für längere Zeit in Karlsbad aufhielt. Auch wenn er sich gern mit Kurschatten umgab, kam seine dichterische Arbeit trotzdem nicht zu kurz.

Er vollendete hier das fünfte und sechste Buch von »Wilhelm Meisters Lehrjahre«, dann die »Wanderjahre«, »Die Wahlverwandtschaften«, »Dichtung und Wahrheit« und den »West-Östlichen Diwan«.

1819 traf Goethe am Rande des Karlsbader Kongresses

auch mit Clemens Nepomuk Fürst Metternich zusammen.

Marschall Blücher kam ebenfalls nach Karlsbad um ein Blasenleiden zu kurieren. Er soll sich allerdings die meiste Zeit mit Karten spielen beschäftigt haben. Um ihn zu ehren, feierten die Karlsbader am 18. Juni 1816 ein Fest zur Erinnerung an den Sieg über Napoleon bei Waterloo, bei dem der Marschall der Ehrengast war.

In diesem exklusiven Kurbad war die Familie Becher seit langem ansässig. Dr. David Becher, er lebte von 1725 bis 1792, war im heutigen Sinne der erste Kurarzt des Bades. Er war es, der 1766 eine erste physikalisch-chemische Untersuchung des Karlsbader Sprudels vornahm.

Durch die Einführung neuer Heilmethoden prägte er das Erscheinungsbild Karlsbads wesentlich. Er entwickelte Behandlungspläne, die einen bestimmten Rhythmus zwischen Baden, Bewegen und Trinken herstellten. Dr. Bechers Heilmethoden wirkten sich auch auf die Architektur aus und wirken bis heute nach.

Der von 1769 bis 1840 lebende Josef Veit Becher war ein Neffe dieses Kurarztes. Er war Apotheker und besaß am Marktplatz das »Haus zu den drei Lerchen«. Dieser Apotheker beschäftigte sich besonders mit der Wirkung von Heilkräutern.

Von 1794 an stellte er verschiedenste alkoholische Kräutertinkturen her, um sie dann als Arzneitropfen in seiner Apotheke anzubieten.

Wie andere Karlsbader auch, nahm er in seinem Haus Kurgäste in Kost und Logis auf.

Im Jahre 1805 war der Reichsgraf Maximilian Friedrich zu Plettenburg-Mietingen in seinem Hause Kurgast.

Wie bei dem Adel, soweit der sich das leisten konnte, in dieser Zeit üblich, wurde er von seinem Leibarzt, einem Engländer namens Doktor Frobrig begleitet.

Doktor Frobrig hatte großes Interesse an den Kräuterkenntnissen des Apothekers Becher. Das hatte zur Folge, dass beide viel Zeit gemeinsam damit verbrachten, die verschiedensten Kräutermischungen und ihre Wirkung auszuprobieren. Beim Abschied drückte Doktor Frobrig Josef Veit Becher einen Zettel in die Hand, mit den Worten: »Das hier hat mich ziemlich begeistert«. Das Rezept trug die Überschrift »Lebenselixier« und beschrieb eine Mischung aus Kräutern, Alkohol und ätherischen Ölen.

Becher experimentierte längere Zeit mit dieser Rezeptur und suchte sie weiter zu verbessern. Erstmals 1807 bot er sie dann in seiner Apotheke in kleinen Flaschen als »Englischer Bitter« Magentropfen an.

Ab 1810 war dieser Magenbitter auch in 0,35 – und in 0,5 – Literflaschen zu haben. Aus »Englischer Bitter« wurde »Karlsbader Bitter« und schließlich »Original Karlsbader Becherbitter«.

Von den Kurgästen wurde dieser Magenbitter so gut angenommen, dass er sogar als 13. Quelle Karlsbads bezeichnet wurde.

Josef Veit Becher starb 1840. Kurz vorher hatte er noch die Apotheke an seinen Sohn Johann, dieser lebte von 1813 bis 1895, übergeben.

Johann Becher war äußerst rührig und zog die Magenbitterproduktion als modernes Unternehmen auf. In der 1867 neu errichteten Fabrik wurde der Magenbitter in die noch heute üblichen flachen Flaschen abgefüllt. Entworfen hatte diese Flaschen sein Schwager Karl Laub. Als sein Nachfolger Gustav Becher die Firma übernahm, war der »Becherbitter« ein weithin bekanntes Markenprodukt.

Seit 1884 wurde der Likör nach Polen geliefert. Es folgten 1885 erste Lieferungen ins Deutsche Reich und 1888 nach Frankreich.

Um sich gegen zunehmende Fälschungen und Nachahmungen zu schützen, ließ Gustav Becher den Namen »Becherbitter« bei der Handelskammer Eger als Schutzmarke eintragen. Die Firma wurde unter dem Namen Johann Becher in den Akten vermerkt.

Die Zahl der Kunden belief sich schon vor 1900 auf ca. 12 000. Dank der Geschäftstüchtigkeit von Gustav Becher konnte der Absatz ständig gesteigert werden. Eine Nachfrage steigernde Maßnahme war z.B., dass jeder Kunde höchstens fünf Liter im Monat geliefert bekam. Dadurch war die Nachfrage nach dem Bitter stets größer als das Angebot.

Ab 1901 führte der jüngere Bruder Rudolf die Geschäfte und bewies eine ebenso glückliche Hand wie sein älterer Bruder. Von 1904 an lieferte die Firma Becher monatlich 50 Liter ihres Magenbitters an den Wiener Hof. Dadurch wurde die Firma »Johann Becher« zum »K. u. K. Hof – und Kammerlieferanten.

1907, zum 100sten Jubiläum, wurde die bislang durchsichtige Flasche durch eine grüne in gleicher Form ersetzt. Durch die geringere Lichtdurchlässigkeit war der Likör jetzt besser geschützt. Außerdem wurde ein gelbblaues Etikett eingeführt.

Ab 1904 gingen Lieferungen auch nach Italien und

Ägypten. Bei internationalen Messen und Ausstellungen erhielt der »Becherbitter« eine große Zahl von Auszeichnungen.

1915, also während des I. Weltkrieges, wurde Alfred Becher Firmenchef. Unter seiner Leitung nahm der Bekanntheitsgrad des Likörs noch zu, denn er wurde auch an die Truppen an der Front geliefert.

Man kann also durchaus ein russisches Sprichwort abwandeln und sagen: »Karlsbader Becherbitter ist gut, wenn die Zeiten schlecht sind!«

Nach Ende des I. Weltkrieges und der Ausrufung der Tschechoslowakischen Republik wurde aus dem Karlsbader Becherbitter »Becherovka«.

Obwohl die deutsch-böhmischen Gebiete Ende der 20er Jahre von der Weltwirtschaftskrise besonders hart getroffen wurden, konnte der Export des Likörs noch erweitert werden. Er wurde von 1930 an nach den USA und Kanada geliefert. Seit 1938 wurde er auch nach Großbritannien verschifft.

Das Glück blieb der Familie Becher aber nicht hold. Der als Nachfolger in der Firmenleitung vorgesehene Hansfred Gustav Becher, der nach Eingliederung des Sudetenlandes ins Deutsche Reich, zur Wehrmacht eingezogen wurde, fiel gleich bei Kriegsbeginn am 1. September 1939 in Polen.

Anfang 1941 verstarb auch Alfred Becher. So stand plötzlich seine Tochter Hedda an der Firmenspitze, die für diese Aufgabe nicht vorgesehen und nicht vorbereitet war. Sie hatte ein Pensionat in Dresden besucht, das sie auf ein Leben als Hausfrau und Mutter vorbereiten sollte. Ihr Vater hatte ihr zwar die geheime Kräutermischung mitgeteilt; die Firmenleitung sollte aber gemäß der Tradition der Bruder übernehmen.

1941 heiratete sie den aus Dresden stammenden Elektroingenieur Karl Baier. Dieser besaß ein Elektrogeschäft in Köln, dass er aufgeben wollte, um sich im Unternehmen seiner Frau zu engagieren. Dazu kam es aber nicht, weil er eingezogen wurde. Hedda Baier(geb. Becher) brachte 1943 einen Sohn zur Welt und 1944 eine Tochter. Neben ihren Kindern musste sie sich auch um die Firma kümmern. Auch bei Kriegsende war sie nur auf sich gestellt, denn ihr Mann war in Kriegsgefangenschaft.

Im Gegensatz zu den meisten Deutschen wurde sie zunächst jedoch nicht vertrieben. Sie erhielt von der tschechischen Verwaltung eine Aufenthaltsgenehmigung und es sah kurzzeitig so aus, als könne das Familienunternehmen weitergeführt werden.

1946 bekam Hedda Baier jedoch den Geist der Zeit zu spüren. Sie wurde in einem Lager in der Nähe von Karlsbad interniert und musste zunächst als Fensterputzerin arbeiten. Später wurde sie zur Zwangsarbeit in eine Flugzeugfabrik bei Prag gebracht. In dieser Zeit wurde sie etliche Male von der tschechischen Staatspolizei verhört. Dabei wurde sie gezwungen, die geheime Rezeptur des Karlsbader Becherbitter preiszugeben.

Hedda Baier kam nach der Ausweisung mit ihren Kindern und ihrer Mutter zunächst in einem Aufnahmelager in Fürth an. Ihre Mutter starb dort. Ein Jahr später bekam sie die Zuzugsgenehmigung nach Köln.

Ihr Mann, der inzwischen aus der Kriegsgefangenschaft entlassen war, befand sich schon dort. Er hatte billig ein Grundstück mit einem zerstörten Haus kaufen können, dass sie sich notdürftig als Unterkunft herrichteten. Um den Lebensunterhalt zu erwirtschaften, reparierte er Radios. Daneben versuchte er in eigener Regie den Karlsbader Becherbitter herzustellen, denn seine Frau war ja im Besitz der Rezeptur.

Eine Lizenz wurde zunächst jedoch nicht erteilt. Erst 1949 wurde es möglich, die Firma Johann Becher OHG beim Amtsgericht Köln ins Handelsregister einzutragen.

1950 lief in Kettwig an der Ruhr, in einer kleinen Fabrik die Produktion an. Als Kompagnon wurde Diplom-Kaufmann Franz-Jörg Müller, dessen Frau die Familie Becher von früher kannte, aufgenommen.

Der Neuanfang verlief viel versprechend. Eine schon vor dem Kriege existierende Niederlassung in Österreich konnte wieder in die Firma eingegliedert werden. Alte Kontakte wurden wiederbelebt und der Export in die westliche Welt kam langsam wieder in Gang.

Die internationalen Patentrechte, die für den »Becherovka« beim internationalen Patenthof in Bern eingetragen waren, wurden für die Firma in Kettwig bestätigt.

Die Rangelei um diese Patentrechte brachte dem Unternehmen jedoch in den folgenden Jahrzehnten im Zuge des Kalten Krieges erhebliche Probleme.

In Karlsbad war die Firma Jan Becher inzwischen zu Volkseigentum, also zu Staatseigentum, umgewandelt worden. Man produzierte weiter »Becherovka«, allerdings ohne jede Rücksicht auf die Firmensubstanz. Das hatte zur Folge, dass Ende der 50er Jahre der Betrieb so heruntergewirtschaftet war, dass er stillgelegt werden sollte.

Der damit beauftragte Direktor verschleppte jedoch

die Stilllegung. Er erweiterte die Produktpalette um weitere Liköre und ließ auch noch nichtalkoholische Getränke herstellen.

An die Pläne zur Schließung des Betriebes dachte nach einiger Zeit niemand mehr. Der »Becherovka« entwickelte sich zu einem Exportschlager im gesamten Ostblock. Für den Staat wurde es daher jetzt hochinteressant, den »Becherovka« gegen harte Währung auch auf der westlichen Seite des Eisernen Vorhangs zu verkaufen, denn mit den sozialistischen Handelspartnern wurde nur Ware gegen Ware getauscht. Die dringend benötigten Devisen konnten bei den sozialistischen Bruderländern nicht erlöst werden.

Die sozialistische tschechoslowakische Regierung bemühte sich daher intensiv um die Erlangung der internationalen Handelsrechte für den »Becherovka«.

Es kam zu einem lange dauernden Konflikt um die Schutzrechte, der das Unternehmen Johann Becher in Kettwig vor immer größere Probleme stellte, denn große Teile des erwirtschafteten Gewinns mussten für die erheblichen Gebühren zur Erhaltung der Schutzrechte eingesetzt werden.

Für Außendarstellung und Investitionen blieb nur noch wenig übrig.

Vor diesem Hintergrund machte die Firma Underberg der Familie Baier 1970 ein Angebot zur Übernahme ihres 50-prozentigen Firmenanteils.

Die Familie Baier nahm an. Underberg ließ sich außerdem zugleich das Vorkaufsrecht für den Anteil der Familie Müller zusichern. Diesen Anteil erwarb Underberg dann 1984.

Der Sitz der Firma »Johann Becher« wurde im Zuge der Übernahme nach Rheinberg verlegt.

1985 trafen die neuen Eigentümer mit dem tschechoslowakischen Staatsunternehmen in Karlsbad eine Übereinkunft, in der vereinbart wurde, dass Underberg den in Karlsbad produzierten Likör von 1986 an importieren würde. Im Gegenzug wurde die Produktion in Deutschland eingestellt.

Nach dem Fall des Eisernen Vorhangs zu Beginn der 90er Jahre, entstand eine neue Konstellation.

Mit dem Beitritt der neuen Bundesländer erwarb die Firma Underberg auch die dortigen Exklusivrechte. In die ehemalige DDR wurde aber seinerzeit »der Becherovka« direkt aus Karlsbad geliefert.

Vor diesem Hintergrund kündigte die tschechische Seite zum Ende des Jahres 1994 die Zusammenarbeit mit der Firma Underberg auf. Daraufhin begann Underberg wieder mit der eigenen Produktion des »Becherovka«.

Bei der Privatisierung des volkseigenen Betriebes »Jan Becher« in Karlsbad, im Jahr 1997, erhielt jedoch nicht, wie erwartet, Underberg den Zuschlag, sondern ein internationales Konsortium mit dem Namen »Value Bill«.

Zwei Jahre später trat Underberg die Markenrechte ab.

Die Rechte am »Becherovka« liegen seit 2001 fast vollständig bei der Pernod-Ricard-Gruppe.

2001 gab es noch einen kuriosen Rechtsstreit zwischen der Firma Jan Becher und einem Elektroingenieur namens Zdenek Hoffmann. Dieser behauptete, dass Alfred Becher einem Leopold Klein und seinem Großvater Josef

Hoffmann kurz vor seinem Tode das Rezept für den Likör und die Produktionsrechte übergeben habe.

Da Leopold Klein im KZ umgekommen sei, wäre er nun als Erbe seines Großvaters der rechtmäßige Eigentümer aller Rechte am »Becherovka«.

Mit dieser Begründung wollte Hoffmann in der Slowakei eine eigene Becherovka – Produktion aufziehen. Dazu kam es aber nicht, denn Hedda Baier, die seit 1970 nichts mehr mit der Likörherstellung zu tun hatte, wurde als Zeugin befragt. Sie erkannte das vorgelegte Schriftstück als Fälschung und gab eine entsprechende eidesstattliche Erklärung ab.

Seither wird der »Becherovka« wieder ausschließlich in Karlsbad hergestellt.

Die letzte Erbin der Becherschen Rezeptur verstarb am 5. Dezember 2007 im Alter von 93 Jahren.

Beschließen möchte ich meinen Vortrag mit Goethes berühmtem Badespruch:

»Beim Baden sei die erste Pflicht,
dass man sich nicht den Kopf zerbricht.
Und dass man höchstens nur studiere,
wie man das lustigste Leben führe!«

Literaturhinweis

Dr. Ansbert Baumann / 1/2009: Ganz schön bitter ....
In Damals 1/2009; S. 58

Die Heilsarmee

Vortrag von Bruder Wolfgang Glauche

In Deutschland begann Fritz Schaaff 1886 von Stuttgart aus für die Heilsarmee zu werben.

Die Gemeinschaft breitete sich schnell aus, denn auch hier gab es eine große Zahl von Menschen, die der Hilfe dringend bedurften.

Die erst in Stuttgart angesiedelte Hauptverwaltung für das Deutsche Reich wurde bald nach Berlin verlegt. Dort begann auch 1897, mit der Eröffnung eines Mädchenheimes die soziale Tätigkeit der Heilarmee in Deutschland.

Während der NS-Zeit und in der DDR wurde die Heilsarmee teilweise unterdrückt und verboten.

1961 zog das Nationale Hauptquartier von Berlin nach Köln um. Dort befindet es sich noch heute.

Die Heilsarmee gibt eine Zeitschrift heraus, das »Heilsarmee-Magazin«. Bis zum 31. Dezember 2007 trug sie den Namen »Der Kriegsruf«.

Die hauptamtlichen Mitarbeiter sind theologisch ausgebildete, ordinierte Geistliche. Sie tragen Offiziersränge. Die uniformierten Mitglieder der Heilsarmee werden Salutisten genannt. Die meisten von ihnen sind ehrenamtliche Heilssoldaten.

Es gibt aber auch Angestellte der Heilsarmee. Aktuell ist eine wachsende Zahl von hauptberuflichen Angestellten der Heilarmee zu erkennen, diese zählen aber nicht zu ihren Mitgliedern.

Weiterhin gibt es noch den Freundeskreis der Heilsarmee.

Die Grundsätze der Heilsarmee haben sich nicht geändert, sie beruhen auf dem Glauben an die göttliche Inspiration der Bibel, den dreieinigen Gott, die Versöhnung in Jesus Christus für die ganze Welt, die Unsterblichkeit der Seele, die Auferstehung der Toten und das Jüngste Gericht am Ende der Welt. So sagt es das Glaubensbekenntnis der Heilsarmee.

Ziel ist es, die Menschen zum Glauben zu rufen, im Glauben zu stärken und durch Glauben zu gutem Handeln zu führen.

Es geht der Heilsarmee nicht um bestimmte Riten und Lehren – selbst Taufe und Abendmahl werden nicht praktiziert.

Angestrebt ist die persönliche Bekehrung zu einem gottgefälligen Leben in der Heiligung, unter Verzicht auf Alkohol, Nikotin und sinnliche Ausschweifung.

Armut, Hunger, Alkoholismus, Drogensucht, Krankheit, Kriminalität, Bildungsmangel, soziale Entwurzelung und seelische Verkümmerung gehören zu den wichtigsten Arbeitsfeldern des guten Handelns.

Neben der evangelistischen und sozialen Tätigkeit gibt es in der Heilsarmee auch ein kirchliches Leben mit Gottesdiensten, Bibelstudium, Konfirmandenunterricht, Gebetszusammenkünften und Veranstaltungen für alle Altersgruppen.

Das »Internationale Hauptquartier« befindet sich in London. derzeit steht General Shaw Clifton an der Spitze der Heilsarmee.

Die internationale Arbeit der Heilsarmee ist in Territorien aufgeteilt, die jeweils ein nationales Hauptquartier haben. Für Deutschland, Litauen und Polen befindet es sich in Köln.

Die Heilsarmee ist in 118 Ländern vertreten. Sie hat weltweit 1,7 Millionen Mitglieder. Davon sind 1,1 Millionen Heilssoldaten. Die anderen Mitglieder sind entweder Rekruten oder Angehörige des Freundeskreises.

Die Heilsarmee beschäftigt weltweit 26 032 Offiziere und 107 902 Angestellte, die in 16 330 Gemeinden, ca. 1900 Schulen, 3600 Sozialstationen und 460 Krankenhäusern tätig sind.

In Deutschland ist die Heilsarmee eine »Körperschaft des öffentlichen Rechts«. Leiter ist seit 2005 Oberst Horst Charlet.

Die kirchliche Verkündigungsarbeit ist in vier Divisionen aufgeteilt (Nord, Süd, Ost, West), die jeweils von einem Divisionsoffizier mit eigenem Divisionsquartier geleitet werden.

Jeder Divisionsoffizier betreut die Leiter der Ortsgemeinden seiner Division.

Die Ortsgemeinden werden als Korps bezeichnet und deren Leiter als Korpsoffiziere.

Die Sozialarbeit der Heilsarmee in Deutschland wird zentral von der Sozialabteilung in Köln geleitet.

Berlin gehört zur Ost-Division. Gemeinden bzw. Korps gibt es in Berlin-Mitte, in Berlin-Prenzlauer Berg und in Berlin Südwest, dort befindet sich auch das Divisionshauptquartier.

Die Heilsarmee definiert ihren Auftrag aktuell so:

»Die Heilsarmee ist eine internationale Bewegung und Teil der universellen Kirche. Ihre Botschaft grün-

det sich auf die Bibel. Ihr Dienst ist motiviert von der Liebe zu Gott. Ihr Auftrag ist es, das Evangelium von Jesus Christus zu predigen und menschlicher Not ohne Ansehen der Person zu begegnen.«

Um zu verstehen, was das Entstehen und das rasante Wachstum der Heilsarmee möglich machte, beziehungsweise begünstigte, ist ein Blick in die englische Geschichte hilfreich.

Mit Beginn der Industrialisierung, also in der Regierungszeit Georgs III. strömten immer mehr Menschen in die Fabriken am Clyde, in die Kohlengruben Nordenglands, nach Lancashire, ins so genannte »Schwarze Land« Südwales, nach London und in jene Gegenden, in denen es gerade Arbeit beim Straßen- oder Kanalbau gab.

In der Umgebung dieser Gegenden stieg auch der erbärmlich niedrige Lohn der Landarbeiter eher, als dort, wo es nicht die Möglichkeit einer anderen Arbeit gab. Trotzdem waren die Lebensbedingungen der Industriearbeiter miserabel, denn es gab große Schwankungen bei Löhnen, Preisen und Arbeitsmöglichkeiten. Das waren keine neuen Übelstände, aber die neue Wirtschaftsform vervielfältigte sie noch.

Beispielsweise gab es im Bergbau kaum Vorkehrungen gegen Unfälle. Bis 1815 wurden in Durham und Northumberland bei Grubenkatastrophen noch nicht einmal Nachforschungen angestellt. Und das, obwohl die Arbeit unter Tage immer gefährlicher wurde, weil die Kohle aus immer größerer Tiefe gefördert wurde.

In Schottland waren die Bergarbeiter sogar noch bis zum Ende des 18. Jahrhunderts Leibeigene.

Durch die industrielle Revolution stieg die Belegschaft der Bergwerke gewaltig. An den Arbeits- und Lebensbedingungen änderte sich zunächst aber nichts.

Erst der Bergwerksbericht von 1842 gab der Öffentlichkeit Kenntnis von den fürchterlichen Verhältnissen.

Auch die so genannte »freie Arbeit« von Kindern, die ihre Eltern mit Heimarbeit ernähren mussten, verlagerte sich in Spinnereien oder Fabriken. Dies bedeutete für sie meist eine weitere Verschlechterung ihrer Lebenssituation.

In die Industriebezirke strömten Menschen aus den Ackerbaugebieten Englands, Schottlands, Wales' und Irlands.

Die bettelarmen Iren arbeiteten für besonders niedrigen Lohn, denn das war allemal besser, als auf der Grünen Insel zu verhungern. Sie waren es, welche die ärgsten Slums bevölkerten.

Da sie bereit waren, für noch weniger Lohn zu arbeiten, als die angestammte Bevölkerung, kam es in London und unter den Landarbeitern mehrmals zu Unruhen gegen sie. Der Hass auf die irischen Arbeiter wird von englischen Historikern als einer der Gründe genannt für die bis in die heutige Zeit reichende Feindschaft gegenüber Katholiken.

Dieser Hass war zur Zeit Lord George Gordons, also um 1780, weit verbreitet.

Über Lord George Gordon, den dritten Sohn von Cosmo Gordon, 3. Duke of Gordon, der als Unterhausabgeordneter diese Unruhen bewusst und gezielt angezettelt und geschürt hatte, schreibt der australische Kulturhistoriker Ian McCalman, dass mit ihm

»Großbritannien [...] offenbar den ersten Mann des modernen Terrors« habe.

Die Lebensumstände in den Slums förderten Trunksucht und Kriminalität.

Ein Übriges taten die katastrophalen Hygienebedingungen. Es gab keine Versorgung mit sauberem Trinkwasser und keine Kanalisation. Dies führte dazu, dass immer wieder Epidemien ausbrachen. Durch die explosionsartig wachsende Industrie, die ihre Abwässer ungeklärt in Flüsse und Kanäle ablaufen ließ, wurden diese Zustände immer mehr verschärft.

Um 1800 hatte London bereits mehr als eine Million Einwohner. Eine zeitgenössische Schätzung geht davon aus, dass davon jeder zehnte Bewohner der Stadt von kriminellen, illegalen oder unmoralischen Tätigkeiten lebte. Das bedeutet, dass mehr als 100 000 Menschen der Unter- oder Halbwelt zuzurechnen waren.

In der Mitte des 18. Jahrhunderts hatte London schon ca. 2,4 Millionen Einwohner. Charakteristisch war zu dieser Zeit neben spektakulären Mordfällen die Gelegenheits- und Kleinkriminalität. Diebstahl, Einbruch, Hehlerei, Körperverletzung, Betrügereien, Erpressung und Prostitution waren an der Tagesordnung.

Oft waren es organisierte Banden, denen vielfach streunende Kinder und Jugendliche angehörten, die diese Taten verübten. Ihre Zahl wurde von Kennern der Szene auf ca. 30 000 geschätzt.

Charles Dickens' »Oliver Twist« gibt in diese Zustände wahrscheinlich einen zutreffenden Einblick.

Theodor Fontane, der in der zweiten Hälfte des 18. Jahrhunderts einige Jahre als Zeitungskorrespondent in

London lebte, berichtete von 50 000 Prostituierten, darunter 5 000 Kinder unter 15 Jahren.

Zum Desaster wurden die hygienischen Zustände. Das Trinkwasser wurde aus Brunnen, Bächen und der brackigen Themse bezogen.

Die Abwässer versickerten unkontrolliert neben den Brunnen in den Boden oder wurden in die Gewässer eingeleitet und vermischten sich mit dem Trinkwasser.

Theodor Fontane schrieb 1852:

»Alles schmutzige Wasser fließt sofort wieder ab und ergießt sich in eine tief unter jedem Straßendamm gelegene Kloake, deren Hauptkanäle mit der Themse in Verbindung stehen.«

Auf den ersten Blick war dies ein zivilisatorischer Fortschritt.

Die Themse aber, in der es am Anfang des Jahrhunderts noch Lachse gab, verwandelte sich mehr und mehr in einen riesigen stinkenden Fäkalientümpel. Der Unrat verschwand nicht mehr auf magische Weise, sondern schwappte im Rhythmus der Gezeiten hin und her. Dies wurde durch das stete weitere Wachstum der Stadt, die immer weiter steigende Einwohnerzahl und die aufkommende Einführung von Toiletten mit Wasserspülung noch verstärkt. Folgerichtig kam es auch zu fürchterlichen Epidemien, wie etwa die Choleraepidemie von 1853/54.

Zu einem Umdenken führte erst der Tag des »großen Gestanks« (»The Great Stink«).

Es war der 30 Juni 1858, ein ungewöhnlich heißer Tag in einem heißen und trockenen Sommer. Die Themse verbreitete einen unerträglichen Gestank, von dem das direkt am Fluss gelegene Parlamentsgebäude besonders betroffen war.

Die »Times« schrieb schon in den Tagen zuvor:

»Die starke Hitze hat unsere Gesetzesmacher aus den Teilen des Gebäudes vertrieben, die zum Fluss gelegen sind. Einige Abgeordnete, welche die Angelegenheit gründlicher untersuchen wollten, wagten sich in die Bibliothek des Parlaments. Doch sie wurden umgehend zum Rückzug gezwungen, obwohl sich alle ein Taschentuch vor die Nase pressten.«

Dieser bestialische Gestank veranlasste die Parlamentarier, die jetzt selbst akut betroffen waren, zu sofortigen Maßnahmen.

Sie ließen die zur Themse gelegenen Fenster mit chlorkalkgetränkten Tüchern verhängen. Damals glaubte man noch, durch derartige Maßnahmen Krankheiten wie Cholera und Typhus fernhalten zu können.

Nach Jahren des Zurückschreckens vor den enormen Kosten war man jetzt endlich bereit, den Metropolitan Board of Works zu beauftragen, für die Stadt ein leistungsfähiges Kanalisationsnetz zu bauen.

Chefingenieur dieser Behörde war Joseph Bazalgette. Er leitete 33 Jahre den Metropolitan Board of Works und war Herz und Seele dieser gigantischen Aufgabe.

Als einige Jahre später die ersten Abschnitte in Betrieb genommen werden konnten, verbesserte sich die Situation schlagartig.

James Hobrecht, der zum Ende des 19. Jahrhunderts für Berlin ebenfalls ein solches Kanalisationssystem plante und baute, orientierte sich dabei am Beispiel Londons.

In diese Zustände hinein wurde William Booth am 10. April 1829 in Nottingham (Mittelengland) geboren.

Er wuchs in ärmlichsten Verhältnissen als Sohn eines kleinen Bauunternehmers auf.

Besuche von Versammlungen der Methodisten brachten ihn dazu, mit 15 Jahren dieser christlichen Strömung beizutreten.

Er besuchte von 1852 an das Predigerseminar und wurde 1854 als Pfarrer der methodistischen New Connexion ordiniert.

1861 begann er als Evangelist für eine neue Missionsbewegung zu werben. Aktiv unterstützt wurde er dabei seit 1855 von seiner Ehefrau Catherine.

William und Catherine Booth siedelten nach London über. Im Londoner Eastend lebend, stand ihnen in den Slums ständig die Not und das Elend im Gefolge der stürmischen Industrialisierung Englands vor Augen.

Am 2. Juli 1865 hielt William Booth in Whitechapel im Bezirk Tower Hamlets die erste Versammlung seiner Zeltmissionsbewegung ab. Die Versammlungen wurden vor verrufenen Kneipen, auf Straßen und Plätzen abgehalten.

Dieser aus Freiwilligen aus verschiedenen Kirchen bestehende Zusammenschluss trug den Namen Christian Revival Association, zu gut Deutsch: Christliche Erweckungsgesellschaft.

Der 2. Juli 1865 gilt als der eigentliche Gründungstag der späteren Heilsarmee.

Die Idee der Zeltmissionsbewegung verbreitete sich schnell in ganz England, wobei der Name mehrmals wechselte.

Sie hieß zwischenzeitlich »Ost-Londoner Christliche Mission« und ab 1870 trug sie den Namen »Christliche Mission«.

Zu dieser Zeit begann William Booth auch damit, die Organisation zu straffen und nach militärischem Vorbild aufzubauen.

Es wurden Dienstränge, Uniformen und Symbole eingeführt.

Sich selbst gab er dabei den Rang eines Generals.

Das erklärte Ziel der Heilsarmee war es, Zitat: ... **»um jeden Preis die Bevölkerung der Londoner Elendsquartiere zu retten, die in einem Meer von Ausschweifungen, Trunksucht und Laster unterzugehen drohte«.**

Vielen Kneipen – und Bordellwirten war das überhaupt nicht recht, denn sie befürchteten Einnahmeverluste, wenn die Gäste wegblieben. Die Heilssoldaten wurden daher massiv angegriffen und oft verletzt. Drei Heilssoldaten wurden sogar umgebracht. Erst nachdem die Heilsarmee mehr und mehr anerkannt war, das war gegen Ende der 1880er Jahre, hörten die Verfolgungen auf.

Einen wesentlichen Anteil an der Entwicklung der Bewegung hatte seine Frau Catherine. Sie war die intellektuelle Führung der Bewegung.

Sie vertrat ihren Mann bei Krankheit monatelang in der Leitung der Heilsarmee und organisierte Armenspeisungen. Catherine Booth war eine engagierte Predigerin.

Sie setzte sich vehement für bessere Arbeitsbedingungen, vor allem der Frauen ein.

Bereits in der Gründungsakte der Christian Mission wurde festgelegt, dass Frauen die gleichen Rechte haben wie Männer, also das Anrecht Führungspositionen zu besetzen, das Recht zu predigen usw.

Die Heilarmee bestand schon im 19. Jahrhundert darauf, dass Frauen in allen intellektuellen und gesellschaftlichen Beziehungen Männern gleichgestellt sein sollten.

Innerhalb von nur zwei Jahren nach ihrer Umbenennung breitete sich die Heilarmee auch im Ausland aus. Seit 1882 ist sie in der Schweiz tätig und seit 1886 in Deutschland.

1878 veröffentlichte William Booth die elf Kapitel umfassende Gründungsurkunde der Heilsarmee. Er setzte sich mit aller Kraft für die in bitterster Armut und Elend lebenden untersten sozialen Schichten ein. Er rauchte nicht und trank bewusst keinen Alkohol, um so Alkoholikern ein Vorbild sein zu können.

Im Jahr 1890 veröffentlichte er seine sozialpolitische Kampfschrift »In Darkest England And The Way Out« (Im dunkelsten England und der Weg heraus). Darin übte er scharfe Kritik an den gesellschaftlichen Zuständen und zeigte aus seiner Sicht Wege auf, wie man sie verbessern könne. Im ersten Monat nach dem Erscheinen wurden bereits 100 000 Exemplare dieser Publikation verkauft.

Die Stadt London ernannte William Booth zu ihrem Ehrenbürger und die Universität Oxford machte ihn zum Ehrendoktor.

Nach seinem Tode folgte ihm sein Sohn Bramwell auf dem Posten des Generals der Heilarmee. Seine Tochter Evangeline wurde später als erste Generalin in dieses Amt gewählt. Auch seine übrigen fünf Kinder übten leitende Funktionen in der Heilsarmee aus.

Nach seinem Tode am 20.August 1912 wurde William Booth auf dem Friedhof Stoke Newington beigesetzt.

In Berlin-Steglitz gibt es eine Boothstraße. Wer aber glaubt, dass diese Straße nach dem Gründer der Heilsarmee benannt wurde, der irrt.

Es handelt sich lediglich um eine Namensgleichheit. Namensgeber für diese Straße ist John Cornelius Booth, ein Baumzüchter, dessen Familie aus Gentry in England stammt und die in Falkirk / Schottland Baumschulen besaß.

Er ist in Nienstedten/Elbe am 2.11.1836 geboren und dort am 5.2.1909 gestorben.

Sein Großvater James Booth (1770 – 1814) gründete in Nienstedten bei Hamburg die erste Baumschule Deutschlands, die sein Sohn J. Richmond Booth übernahm.

John Cornelius Booth setzte die Familientradition fort und vergrößerte die Baumschule. Außerdem legte er eine Pflanzenversuchsstation an, in der er Waldbäume für den Großanbau züchtete. Er setzte so die Arbeit seines Vaters fort, der als erster die Dringlichkeit einer Auffrischung des heimischen Waldbaumbestandes erkannt hatte. Ziel war es, durch die Einführung neuer Arten der Degeneration der Wälder zuvorzukommen. Vielleicht wirkten auch die Erfahrungen aus England nach, denn dort wurde Holz am Ende des 18. Jahrhunderts knapp, weil bis dahin in der uralten Eisenindustrie in den Hochöfen ausschließlich Holz als Brennmaterial Verwendung fand. Das Holz war so knapp, dass viele Haushalte außerhalb der Torf - und Kohlegebiete, der hohen Holzpreise wegen, auf die Zubereitung warmer Mahlzeiten verzichten mussten. Von einem wohlhabenden Handelsmann in Launceston wird berichtet, dass er sich genötigt sah, einem Nachbarn drei Pence für die Erlaubnis zu zahlen, auf dessen Feuer eine Hammelkeule zu braten.

Die walisische Kohle stand in vielen Orten nicht zur Verfügung, weil noch kein brauchbares Straßen – und Kanalnetz für den Transport zur Verfügung stand. Nur die per Schiff erreichbaren Orte konnten mit Kohle beliefert werden. Die per Schiff vom Tyne an die Themse gelieferte Kohle wurde deshalb zu dieser Zeit auch als »Seekohle« bezeichnet.

John Cornelius Booth war rührig und gefragt. Er legte in Friedrichsruh im Sachsenwald für Fürst Bismarck Pflanzungen an.

Nachdem er 1884 seine Betriebe in Flottbek verkauft hatte, ging er nach Berlin. Dort wurde er gärtnerischer Berater von Johann Anton Wilhelm von Carstenn, des Gründers der Lichterfelder Villenkolonie. Diesem lieferte er für den stolzen Betrag von 126 000 Goldmark Eichen, Kastanien und Linden für Straßen und Plätze.

Seine nächste Aufgabe war die Aufforstung des Grunewald. Seinen guten Verbindungen zu Otto von Bismarck ist es zu verdanken, dass die Forstverwaltung die Anpflanzung von Exoten vorantrieb. Außerdem beteiligte er sich an den Unternehmungen von Carstenn und an der Kurfürstendamm – Gesellschaft.

Gemeinsam mit Salomon Haberland und mit Hilfe des Bankhauses Delbrück, Leo & Co., gründete er 1890 für die Söhne Arthur Booth und Georg Haberland die Berlinische Boden – Gesellschaft in Schöneberg.

Dass gegenüber einem solchen Mann der Gründer der Heilsarmee bei der Ehrung mit einem Straßennamen im damaligen Berlin zurückstehen musste, ist klar, zumal wenn man liest, was unter dem Stichwort Heilsarmee in Meyers Konversations-Lexikon von 1896 vermerkt ist:

»Heilsarmee (engl. Salvation army, »Armee der Seeligmacher«), eine aus den weslayanischen Methodisten hervorgegangene Sekte in England, welche von William Booth (s. d. 2) 1865 gegründet und 1878 unter ihrem jetzigen Namen militärisch organisiert wurde.

Booth selbst ernannte sich zum General, umgab sich mit einem Generalstab und stellte an die Spitze der (1890) 2937 über 32 Länder und Kolonien verteilten Stationen 9896 Offiziere männlichen und weiblichen Geschlechts und etwa 15 000 Unteroffiziere. Die Sekte soll gegenwärtig über 2 Millionen Mitglieder zählen, und ihre Jahreseinkünfte werden auf 800 000 Pfd. Sterl. geschätzt.

Sie bekämpft die bestehenden Kirchen als unfähig, [sie ist bestrebt... (d. Verf.)] das geistige und leibliche Wohl der Armen zu fördern, und sucht ihre Ziele einerseits durch öffentliche Gottesdienste (1892 13 Mill. gottedienstliche Versammlungen) mit Gesang und Predigt, sowohl in Theatern und andern öffentlichen Lokalen als auf der Straße, anderseits durch die Gründung von Wohlthätigkeitsanstalten, wie Zufluchtsstätten für Obdachlose, Volksküchen etc. zu erreichen. Die Heilsarmee gibt 35 wöchentlich und 6 monatlich erscheinende Zeitschriften heraus, von denen 1892 42,5 Millionen Exemplare abgesetzt wurden; die bekannteste Zeitschrift ist der »War-cry« (»Feldgeschrei«). Die Mitglieder verschmähen geistige Getränke, leben einfach, meiden weltliche Bücher und Vergnügungen, suchen die Leidenschaften, namentlich den Zorn, durch stete Meditation zu unterdrücken und widmen sich namentlich der Pflege der Armen. Ihr öffentliches Auftreten ist aber herausfordernd und erregte namentlich auf dem Festlande vielfach Ärgernis, so daß sich aus der Bevölkerung heraus an manchen Orten eine Gegenbewegung entwickelte und hier und da, namentlich in der Schweiz, auch die Behörden gegen die Heilsarmee einschritten. In Deutschland hat die Heilsarmee namentlich in Berlin, Pommern, der Rheinprovinz und Württemberg Fuß zu fassen gesucht, ohne jedoch große Erfolge zu erzielen.«

Zusammenfassend ist zu sagen:

Die Devise der Heilsarmee »Soup, Soap, Salvation«, also »Suppe, Seife, Seelenheil«, muss bei den oben geschilderten Zuständen in der Mitte des 19. Jahrhunderts fast wie ein revolutionärer Akt gewirkt haben.

Bei der Missionsarbeit auf der Straße und den praktischen Hilfen im Überlebenskampf, erwarb sich die Heilsarmee Respekt und breite Anerkennung.

Bei ihr bekamen und bekommen obdachlose, mittellose Menschen eine warme Mahlzeit, die Möglichkeit sich zu waschen, geistlichen Trost und ein Dach über dem Kopf. Dinge also, die heute als Grundbedürfnisse allgemein anerkannt sind, die aber trotzdem noch immer nicht selbstverständlich sind.

Literaturverzeichnis:

wikipedia

Prof. Dr. Peter Alter / 8/2008: Das wunderbarste Bauwerk der Neuzeit.

In: Damals 8/2008. S.52

Dr. Peter Alter / 9/2002: London Metropole der Welt – und des Verbrechens.

In: Damals 9/2002. S.21

Berühmt - bekannt - vergessen.

Bezirksamt Steglitz von Berlin 1987: Boothstraße. S.17

Meyers Konversations-Lexikon; Fünfte Auflage, Achter Band/S.546

1896: Leipzig und Wien: Bibliographisches Institut

Prof. Trevelyan, George Macaulay /1935: Geschichte Englands Band 2 / München u. Berlin Verlag von R. Oldenbourg

Der Riesling

Vortrag von Bruder Wolfgang Glauche

Bevor ich zu meinem eigentlichen Thema, dem Riesling komme, möchte ich mit einigen Sätzen auf die Trinkkultur eingehen. Schließlich ist Alkohol in verschiedenen Formen als das älteste trinkbare Genussmittel bekannt, zu dessen Gebrauch sich eine eigene Trinkkultur entwickelt hat .

Alle bekannten Kulturen der Welt haben sich Regeln für den Genuss von Alkohol gegeben. Es gibt Vorschriften und Normen, die festlegen wer wie viel wovon trinkt. Auch mit wem wo und auf welche Weise getrunken wird unterliegt Regeln.

Eine Regel ist jedoch Kultur übergreifend: Das einsame Trinken wird überall abgelehnt.

Der einsame Trinker gerät in den Verdacht, Alkoholiker zu sein.

Alkoholgenuss wird allgemein als Mittel zur Pflege sozialer Kontakte angesehen. Es ist zudem üblich, alkoholische Getränke mit anderen zu teilen. Wer sie allein und vielleicht auch noch heimlich konsumiert, gilt deshalb als unsozial.

In Europa wird hauptsächlich bei festlichen Anlässen ausgiebig getrunken. Feiern und der Genuss von Alkohol sind in unserer Kultur eng miteinander verbunden.

In einigen europäischen Ländern ist die Trinkkultur Bestandteil des Alltags. Alkohol wird dort ohne besonderen Anlass kredenzt, etwa in Frankreich, Spanien, Italien und Griechenland.

In anderen Ländern, wie England und Deutschland, ist Alkohol zwar als Genussmittel anerkannt, es bedarf aber eines Anlasses für den Genuss.

Alkoholische Getränke haben aber auch Symbolwert. Denken wir zum Beispiel an den Champagner, der gern zu besonders feierlichen Anlässen serviert wird. Sie können aber auch als Statusindikator wirken, weil nicht alle Getränke überall als gleichwertig angesehen werden. Importierte Getränke haben oft einen höheren Status als einheimische. Von den Konsumenten wird auf das jeweilige Image genau geachtet.

Nehmen wir zum Beispiel Polen: Dort wird Wein von der Mittelschicht bevorzugt. Wodka und einheimische Biere gelten als Getränke der unteren Schichten. Polnische Studenten bevorzugen daher Wein.

In Frankreich ist Wein Alltagsgetränk ohne besonderen Status und wird vielfach zu allen Mahlzeiten getrunken. Junge Akademiker bevorzugen daher Importbiere.

Wir kennen aber auch Alkoholika, die zu Symbolen nationaler Identität taugen. So steht etwa Guinness für Irland, Whisky für Schottland und Ouzo für Griechenland. Das Trinken dieser Getränke kann durchaus zu einem patriotischen Akt geraten.

Für Frauen und Kinder finden sich in allen Kulturen einschränkende Regeln für den Genuss von Alkohol. Von ihnen wird erwartet, dass sie deutlich weniger Alkohol trinken als Männer. Es werden auch Unterschiede gemacht zwischen »männlichen« und »weiblichen« Getränken. Die so genannten »Frauengetränke« enthalten weniger Alkohol und sind meist süßer. Likör und Sekt gelten als typische Frauengetränke, im Gegensatz zu Schnaps und Bier. Noch heute wird es vielfach als unweiblich angesehen, wenn Frauen so genannte »harte Drinks« zu sich nehmen.

Bier, als das älteste alkoholhaltige Getränk, soll schon vor ca. 10 000 Jahren gebraut worden sein. Wein wird seit etwa 6 000 Jahren gekeltert.

Die ägyptischen Pharaonen und Priester tranken an Festtagen bis zum Vollrausch. Die damit oft verbundene Bewusstlosigkeit galt als heilig.

Griechen und Römer tranken Wein mit Wasser vermischt. Bei den Griechen war der Rausch, wie bei den Ägyptern ein besonderer Zustand. Den Römern hingegen ging es nur noch um das Vergnügen beim Trinken.

Die Germanen waren Bier- und Mettrinker. Der Rausch war Bestandteil des sozialen Lebens. Bei wichtigen Anlässen soll der Überlieferung nach Trinkzwang geherrscht haben.

Im Mittelalter wurde Alkoholkonsum als völlig normal angesehen. Es gab aber schon Bemühungen, dass übermäßige Trinken einzudämmen. Das Saufen muss stark verbreitet und ein großes Problem gewesen sein. Warum sonst wurde jeder Kaiser vor seiner Krönung gefragt: »Willst du mit Gottes Hülfe dich nüchtern halten?«

Es wurden auch kaiserliche Verbote gegen den Trinkzwang bei Gesellschaften erlassen. Gebracht haben sie aber nichts.

Bis in die Neuzeit hinein wurde in Deutschland von einem großen Teil der Bevölkerung, auch der Kinder, der Tag mit einer Biersuppe begonnen. Außerhalb der Mahlzeiten artete das Trinken der Männer oftmals in ein

Gelage aus. Der Trinksitte gemäß durfte ein angebotenes Getränk nicht abgelehnt werden, weil das als Beleidigung aufgefasst worden wäre. Solange die Tischgenossen noch tranken, musste mitgetrunken werden. Wer nicht mehr mittrank galt als schwach und unmännlich. Es wurde daher oft bis zur Bewusstlosigkeit getrunken.

Die Trinksitten der Zeit schrieben das Kampftrinken vor, eine Art Duell ohne Waffen. Wer sich diesen Regeln entzog wurde zum Außenseiter, der sozial ausgegrenzt wurde. Er konnte sogar zum Feind erklärt werden.

Das übermäßige Trinken war nicht nur auf den Adel beschränkt. Auch Bauern und Handwerker waren sehr trinkfreudig. Die Handwerkszünfte verfügten sogar über eigene Trinkordnungen. Vor allem die Gesellen neigten oft zu ausschweifendem Trinken. Die Gewohnheit, am Montag, dem so genannten Blauen Montag, der Arbeit fern zu bleiben, wurde daher von der Obrigkeit häufig mit Strafe bedroht. Der Ausdruck Blauer Montag wird häufig mit der liturgischen Farbe des Fastenmontags erklärt. Es kann aber durchaus sein, dass sich dieser Ausdruck auf den Zustand vieler Handwerksgesellen an diesen Tagen bezieht.

Seit dem 16. Jahrhundert ging die Obrigkeit gegen die bestehenden Trinksitten mit Verboten an. Trinkstuben wurden geschlossen und die Schankzeiten verkürzt. Per Reichsabschied wurden auch die Trinkduelle, also das Zutrinken verboten. Es war vergebens. Die Fürsten verweigerten die Gefolgschaft. Zur gleichen Zeit wurden Adelsvereinigungen gegründet, die Mäßigung beim Trinken erreichen wollten. Der Temperenzorden des Landgrafen Moritz von Hessen war wohl der bekannteste. Seine Mitglieder verpflichteten sich, sich zwei Jahre nicht »voll zu saufen«. Außerdem sollten nicht mehr als sieben Becher Wein je Mahlzeit getrunken werden.

Die Führer des Protestantismus und des Calvinismus wetterten besonders lautstark gegen das übermäßige Trinken.

Im 18. Jahrhundert wurde Branntwein, der bis dahin nur als Heilmittel in geringen Mengen verkauft wurde, in Deutschland bei den unteren Schichten populär. Er wurde jetzt aus Kartoffeln statt aus Getreide hergestellt und war dadurch weit billiger als Wein oder Bier. Der übermäßige Genuss von Branntwein breitete sich in den armen Bevölkerungsschichten immer weiter aus und ging in die Geschichte als Branntweinpest ein. In England sprach man von einer Gin-Epidemie. Diese gebrannten Schnäpse galten bald als »Gesöff des Pöbels«. Man begann zwischen »gutem Alkohol« und »schlechtem Alkohol« zu unterscheiden. Zu dieser Zeit wurde auch erstmals von Alkoholismus gesprochen. Bis dahin war Alkoholkonsum nie in Verbindung mit Krankheiten gebracht worden.

Die bäuerliche Trinkkultur war bis ins 19. Jahrhundert hinein dem der anderen Schichten vergleichbar. Bier war das Alltagsgetränk der Bauern. Meist wurde es auch selbst gebraut. Nur bei Feierlichkeiten wurde es aus Brauereien bezogen.

Beim Trinken von Alkohol sind bestimmte Sitten zu beachten. Beispielsweise folgt auf eine kurze Ansprache zu Ehren einer Person die Aufforderung an die Anwesenden, das Glas zu erheben, um gemeinsam auf das Wohl des Geehrten zu trinken.

Der Verzehr von Getränken wird in einer entwickelten Trinkkultur in den Dienst einer höheren Sache gestellt, etwa der Pflege sozialen Kontakte der gemeinsam Trinkenden zueinander. Dabei werden Alkoholika als besonders wirksam erachtet.

Auch in heutiger Zeit gibt es besonders bei jungen Leuten die Unart des Wettsaufens, auch Kampftrinken, Wetttrinken oder Koma-Saufen genannt; mit manchmal bösen Folgen. Von Fachleuten wird teilweise angenommen, dass besonders in den unteren Bevölkerungsschichten sich teilweise die Trinkgepflogenheiten des Mittelalters bis heute erhalten haben. Rituale wie Zutrinken und Wettsaufen haben im Arbeitermilieu noch immer eine Bedeutung.

Das Trinken in Gemeinschaft hat auch immer eine soziale Funktion. Es entstanden daher für das Zutrinken bereits früh Regeln. Mit der Entstehung von Verhaltensregeln bei Tisch kamen auch solche für das Trinken auf. Es entwickelte sich eine Etikette, die einem ständigen Wandel unterzogen ist.

Für den Genuss von Wein ist eine spezielle Trinketikette entstanden, deren Kenntnis bei Weinfreunden vorausgesetzt wird.

Man verwendet für verschiedene Weinsorten verschiedene Gläser; für Burgunder etwa ein Ballonglas und für Bordeaux ein mehr tulpenförmiges, um den Geschmack zu fördern.

Im Lokal prüft der Kellner zuerst den Wein, bevor der Gast den üblichen Probeschluck nimmt. Bei größeren Gesellschaften wird zuerst der Hauptperson oder dem Ehrengast eingeschenkt, dann den Damen und dann den Herren. Der Gastgeber wird zum Schluss bedient. Es ist üblich die Weingläser höchstens bis zur Hälfte zu füllen. Ehe das Glas leer ist, wird nachgeschenkt.

Das Weinglas wird am Stiel gehalten, nicht am Fuß und nicht am Korpus. Weinkenner schwenken den Wein vor dem Trinken im Glas. Für Rechtshänder schreibt die Etikette dabei das schwenken gegen den Uhrzeigersinn vor.

Wiederholtes Anstoßen wird als unpassend abgelehnt. Es sollte nur einmal, und zwar am Beginn, erfolgen. Dabei ist darauf zu achten, dass nur mit gleichen Getränken angestoßen wird. Wasser gilt dabei als neutral. Zuprosten wird im Übrigen ohne Gläserkontakt empfohlen.

Auch William Shakespeare hatte vom Wein offenbar eine sehr hohe Meinung, denn von ihm ist folgende Äußerung überliefert:

Guter Wein ist ein gutes, geselliges Ding,
und jeder Mensch kann sich wohl
einmal davon begeistern lassen.

In vielen alten deutschen Liedern wird der Wein seit Jahrhunderten besungen.

Auch beim Trinken des Weines hat der Gesang als Förderer der Geselligkeit eine lange Tradition.

Der Wein wird in diesen Liedern als Gabe Gottes an die Menschen gewürdigt und seine gesellige Wirkung wird gelobt.

In einem dieser alten Trinklieder heißt es zum Beispiel:

Was bringen uns die Reben?
Vom Rhein den Wein.
Den hat uns Gott gegeben;
drum schenket ein!

Dass an dieser fast magischen Wirkung etwas dran ist, ist bis in die heutige Zeit zu spüren.

Aber auch frühere Generationen sind der Faszination des Weines erlegen.

Denken wir nur einmal an Wilhelm Hauffs »Phantasien im Bremer Ratskeller«.

Diese Faszination war wohl auch auf die amerikanischen Offiziere übergesprungen, die von 1945 bis 1948 im Bremer Ratskeller tagten, der zu dieser Zeit von ihnen als Offiziers-Kasino benutzt wurde.

Während dieser drei Jahre schafften sie es nämlich, die dort im Keller, zum teil seit hundert und mehr Jahren, lagernden 400 000 Flaschen alten Rheinweines bester Qualität, nämlich Rüdesheimer, Hochheimer und Johannisberger, restlos auszutrinken.

Vielleicht sind ihnen dabei auch das eine oder andere Mal die Weingeister in Gestalt des Bacchus, der Frau Rose, der Zwölf Apostel oder des Bremer Roland erschienen, wie Wilhelm Hauff es beschreibt.

Die Weintradition ist uralt und beginnt schon, aus Ägypten kommend, vor etwa 8 000 Jahren. Sie ist fester Bestandteil der abendländischen Kultur. Bei Griechen und Römern wurde der Wein mit Wasser vermischt getrunken und gehörte zu allen Mahlzeiten. Wer den Wein pur trank, galt als Säufer. Bei den so genannten Symposien der Griechen, das waren Trinkgelage zu Ehren der Götter, war der Rausch gern gesehen und oft gewollt, denn in diesem Zustand wähnte man sich den Göttern näher.

Auch in Deutschland gehörte der Wein von alters her zum alltäglichen Leben – zumindest bei denen, die ihn sich leisten konnten.

Alkoholische Getränke wie Wein und Bier galten bis in die Neuzeit hinein als Lebensmittel. Sie waren das übliche Getränk zu allen Mahlzeiten, schon deshalb, weil vielfach die Wasserqualität fragwürdig war.

Die edeltste der Reben, auch Königin der Reben genannt - der Riesling - nimmt unter den Weinreben bis heute eine führende Stellung ein.

Über die Anfänge des Riesling ist nichts Genaues überliefert.

Schon die Entstehung des Namens ist nicht gesichert. Er könnte sich von dem mittelhochdeutschen »rus« (= dunkles Holz) herleiten.

Aber auch »reißen« kommt als Namensgeber in Frage. Dieses Wort könnte ein Hinweis auf die rassige Säure als besondere Charaktereigenschaft der Beeren dieser Rebe sein.

Bei einem Besuch des Herzogs Rene´ von Lothringen im Elsass im Jahr 1477 wird der Riesling erstmals schriftlich erwähnt.

Plinius der Ältere (23 – 79 n. Ch.) beschrieb die am Rhein angetroffene »ammineische Rebe«. Ob es sich dabei schon um die Riesling-Rebe gehandelt haben kann, ist offen.

Auch die Vermutung, dass Ludwig der Deutsche (840 – 876) diese Rebsorte erstmals am Rhein hat anpflanzen lassen, lässt sich nicht bestätigen.

Es ist auch möglich, dass der Riesling sich auf eine heimische Wildrebe, die Vitis vinifera sylvestris zurückführen lässt, die Belege dafür fehlen aber.

Gesichert ist indes, dass der Trierer Kurfürst – Erzbischof Clemens Wenzeslaus verfügte, »**alle minderwer-**

tigen Rebsorten auszuhauen und durch Riesling zu ersetzen.«

Er folgte damit einem Trend der Zeit.

Bereits 1720 hatte Odo Staab, der Kellermeister der Reichsabtei Fulda den Riesling zur einzigen anzubauenden Rebsorte erklärt.

Seine Anweisung lautete:

»In dem ganzen Rheingau darf keine andere Traubensorte zur Verfertigung der Weine gepflanzt werden als nur Rieslinge.«

Die gleiche Verfügung traf auch der Fürstbischof von Speyer, Franz Christoff Kardinal von Hutten.

Die Mainzer Klarissen gingen 1672 daran, alle roten Weinstöcke auszuhauen, um diese durch »**gutes Rißling-Holz**« zu ersetzen.

Alle diese Maßnahmen waren von erheblicher Wirkung, denn an Rhein und Mosel war der Weinbau fast ausschließlich in geistlicher Hand.

Beispielsweise um Boppard waren siebenmal mehr Weinstöcke in geistlicher als in adliger Hand.

Das Kanonikerstift in Boppard allein hatte bei seiner Auflösung im Jahre 1802 über 100 000 Weinstöcke in seinem Besitz.

Die Weinbautradition der Klöster reicht bis in das Mittelalter zurück. 1136 kamen die ersten zwölf Mönche aus Clairvaux in der Champagne nach Eberbach im Rheingau. Von dort brachten sie ihre Weinbaukenntnisse mit.

Dass es Mönche waren, die im Weinbau tonangebend waren, hat nur bedingt damit zu tun, dass sie ihn selbst auch gern tranken.

Der heilige Benedikt selbst hielt es mit den alten ägyptischen Mönchsvätern, die glaubten, »**dass der Wein nicht zu den Mönchen passe**«.

Doch, so äußerte er:

»**Da die Mönche unserer Tage sich davon nicht überzeugen lassen, wollen wir uns wenigstens dazu verstehen, nicht bis zur vollen Befriedigung zu trinken**«.

Nach dem Willen des Ordensgründers sollte der Mönch darauf achten, »**dass keine volle Sättigung oder Trunkenheit vorkomme**«.

Die riesigen Weinberge erbrachten weit mehr Wein, als die Mönche für den eigenen Bedarf benötigten. Bischöfe und Äbte betrieben also aus rein wirtschaftlichen Gründen Weinbau.

Ein Beispiel dafür ist das Kloster Eberbach im Rheingau.

Nur 2,8 % des klösterlichen Grundes waren mit Weinstöcken bepflanzt. Dieser geringe Flächenanteil erbrachte aber 40 % der gesamten Einnahmen der Abtei.

Mehr als 60 % des erzeugten Weines waren für den Verkauf bestimmt und nicht für den Eigenbedarf.

Gekeltert und ausgebaut wurde der Wein direkt im Kloster.

Auch später, als die Weinberge verpachtet wurden, wurde so verfahren. Das lag zum einen daran, dass die meisten Pächter sich derart große Keltern nicht leisten konnten, zum anderen aber wohl daran, dass die Mönche diese diffizile Arbeit lieber selbst überwachen wollten, um Panschereien vorzubeugen.

Im ehemaligen Laienrefektorium des Klosters kann man heute eine ganze Reihe ausgestellter historischer

Keltern besichtigen, die ein anschauliches Bild von der damaligen Arbeitsweise vermitteln. Die älteste dort zu sehende Kelter stammt aus dem Jahr 1668.

Die Abtei wurde in der Säkularisation zwar aufgelöst, doch sind die Gebäude in seltener Vollständigkeit erhalten geblieben.

Wein wird auch jetzt noch dort angebaut, denn Eberbach ist hessisches Staatsweingut.

Verschifft wurde der Wein früher mit Lastkähnen auf dem Rhein. Köln war dabei ein wichtiger Abnehmer. Dort wurde der Eberbacher Wein im Stadthof der Abtei verkauft. Von Köln aus wurden auch die norddeutschen Hansestädte mit Rheinwein beliefert, der dort beliebter war als jeder andere Tropfen – trotz der sehr hohen Preise.

Es waren aber nicht nur die Handelsspannen der Zwischenhändler welche die Preise hochtrieben.

Vor allem die mehrfach zu entrichtenden Zölle an den vielen Grenzen der damaligen kleinen Fürstentümer verteuerten die Waren ganz erheblich.

Die heute so typischen Terrassen auf den Hängen an Rhein, Mosel und Neckar gehen hauptsächlich auf den Weinbau der Mönche zurück. Diese waren die ersten, die solche Terrassen anlegten.

Im frühen Mittelalter war es noch üblich, Wein nur in der Ebene anzubauen. Es ist daher kaum verwunderlich, dass, die »älteste Riesling-Domäne der Welt«, das Schlossgut Johannisberg im Rheingau, klösterlichen Ursprungs ist.

Das im 12. Jahrhundert gegründete Benediktinerkloster war seit 1716 im Besitz der einflussreichen Fürstäbte von Fulda.

Fürstabt Konstantin von Buttlar ließ 1720 dort die gewaltige Zahl von 294 000 Riesling-Stöcken anpflanzen.

Das fürstäbtliche Schloss inmitten der Weinberge wurde am Ende des Zweiten Weltkrieges bei alliierten Bombenangriffen völlig zerstört. Es wurde jedoch wieder aufgebaut und thront erneut malerisch über den Weinbergen.

Schloss Johannisberg ist übrigens der Geburtsort der Spätlese. 1775 hatte sich der Kurier, der in Fulda die Erlaubnis zum Beginn der Weinlese einholen musste, um einige Wochen verspätet. Als er wieder in Johannisberg eintraf, waren die Trauben bereits an den Rebstöcken verfault.

Der Kellermeister ließ sie dennoch ernten. Dieser Entscheidung ist die Spätlese zu verdanken, die seitdem auf dem Johannisberg gekeltert wird.

Bereits 1730 wird von Chronisten berichtet, dass manche Winzer gern eine kleine Fäulnis abwarten, um zu größerer Süßigkeit der Trauben zu gelangen. Dennoch gilt das Jahr 1775 als Datum für den Beginn der planmäßigen späten Lese von edelfaulen Tauben.

Die Johannisberger Rieslinge gelten als besonders langlebig. Der älteste erhaltene ist vom Jahrgang 1748. Ob er aber noch trinkbar ist, kann zumindest bezweifelt werden.

Hugh Johnson, der englische Weinpapst, berichtet allerdings davon, dass er einmal einen Johannisberger Riesling des Jahrganges 1870 getrunken habe, »**der nach einem ganzen Jahrhundert noch voller Kraft war und Spuren seines ursprünglichen Aromas ahnen liess«.**

Nach der Säkularisation gelangte Schloss Johannisberg 1816 in den Besitz des österreichischen Staatkanzlers Klemens Wenzel Lothar von Metternich.

Bis heute ist das Gut im Besitz seiner Nachfahren.

In seinem »Kräuterbuch« schrieb der Arzt und Botaniker Hieronymus Bock im Jahr 1577: »Rieslinge wachsen an der Mosel, am Rhein und im Wormser Gau«.

Auf diese Regionen ist der Riesling aber schon lange nicht mehr beschränkt. Es gibt ihn in allen deutschen Weinbaugebieten. An Rhein, Mosel, Neckar, Saale, Unstrut und Elbe wird Riesling angebaut.

Trotz verstärkten Anbaus von roten Reben, ist der Riesling mit 21 722 ha die meistangebaute Rebsorte geblieben.

Bei den Mitgliedern im Verband Deutscher Prädikatsweingüter (VDP) macht der Riesling 55% der Anbaufläche aus.

Traditionell wird Riesling auch im Elsass und in der Wachau angebaut.

Die Riesling-Rebe hat schon längst den Sprung in die Weinbaugebiete der ganzen Welt geschafft.

Wir finden sie in Kalifornien, in Südafrika, in Neuseeland, Argentinien und Chile. In Australien wird Riesling sogar schon seit 1838 angebaut.

Die größte Nachfrage erlebte der Riesling an der Wende vom 19. zum 20. Jahrhundert. Kein namhaftes Hotel konnte es sich damals leisten, eine Weinkarte ohne deutschen Riesling zu führen.

Mit dem Ersten Weltkrieg ging diese Blütezeit zu Ende. Viele Winzer setzten jetzt nicht mehr auf Qualität sondern auf Quantität.

Nach dem Zweiten Weltkrieg wiederholte sich diese Entwicklung. Hinzu kam die Technisierung des Weinbaus.

Es wurde zu immer günstigeren Preisen produziert, soviel der Markt nur aufnehmen konnte.

Nach den entbehrungsreichen Jahren waren es vor allem süße und billige Weine, die angeboten und gekauft wurden.

Mit der Tradition großer edelsüßer Rieslinge hatten diese Weine nur das Attribut süß gemeinsam.

Die Bezeichnung »süß« wurde zum Synonym für »billig, einfach, deutsch«.

Seit dem Ende der 1980er Jahre gibt es wieder einen merklichen Aufbruch zur Qualität hin. Dieser Trend hält an und in den letzten Jahren brachten diese Bemühungen einige hervorragende Rieslinge hervor.

Literaturverzeichnis:

Uwe A. Oster / 2009: Königin der Reben.

In: Damals 12/2009. S. 58

Wikipedia

Hauff, Wilhelm, 1974: Phantasien im Bremer Ratskeller: Union Verlag Berlin

Napoleons polnische Legion

Vortrag von Bruder Wolfgang Glauche

Um das Schicksal von Napoleons polnischen Legionen nachvollziehen zu können, ist es sinnvoll, zuerst einen Blick auf die Geschichte der Antilleninsel Hispaniola zu werfen, denn diese trägt auch den Namen »Grab der Polen«.

Von den Indianern wurde die Insel Ayti genannt, daraus entstand dann der heutige Name Haiti.

Christoph Kolumbus gab der Insel bei der Inbesitznahme für Spanien 1492 den Namen La Isla Espanola. Daraus wurde in der Verballhornung Hispaniola.

Die Hauptstadt der Insel Santo Domingo wurde zum ersten Zentrum der spanischen Kolonisation in Amerika.

Die von den Europäern eingeschleppten Krankheiten und das von den Spaniern eingeführte Zwangsarbeitssystem lösten ein Massensterben der Indianer aus. 1542 lebten nur noch 200 von ihnen auf der Insel.

Im gleichen Jahr standen 5000 Spaniern schon 30 000 schwarze Sklaven gegenüber, die man aus Afrika geholt hatte, um sie auf den Plantagen arbeiten zu lassen.

Zu Beginn des 17. Jahrhunderts ließen sich französische Piraten an der Nordküste Hispaniolas nieder. Es kam zu Auseinandersetzungen zwischen Spaniern und Franzosen, aus denen die letzteren als Sieger hervorgingen. Die Spanier waren gezwungen, ihnen 1697 den westlichen Teil der Insel zu überlassen.

Dieser »Saint Domingue« genannte Teil der Insel entwickelte sich im 18. Jahrhundert - im Gegensatz zum spanischen - aufgrund der Plantagenwirtschaft zur reichsten Kolonie Frankreichs. Die Zahl der Sklaven stieg gewaltig. 1788 wurden dort 455 000 Menschen gezählt, Wovon gerade einmal 27 727 Weiße waren. Ferner wurden 21 808 Mulatten gezählt, also Nachfahren aus Verbindungen zwischen Weißen und Schwarzen. Die restliche Bevölkerung, also etwa 90 % waren schwarze Sklaven.

Es gab immer wieder Sklavenaufstände und im Gefolge der französischen Revolution forderten auch die Farbigen in Saint Domingue ihr Recht. Die Mulatten wollten mit den Europäern gleichgestellt werden und die Schwarzen forderten ihre Freiheit.

Die Ablehnung dieser Forderungen führte zu einem blutigen Aufstand, an dem auch Francois-Dominique Toussant L'Ouverture, ein freigelassener Sklave, beteiligt war. Dieser Aufstand führte 1793 zur Abschaffung der Sklaverei.

1795 eroberte Toussant im Auftrag der Revolutionsregierung auch den spanischen Teil der Insel. Er wurde Oberbefehlshaber und Gouverneur und setzte sich im Bürgerkrieg zwischen Schwarzen und Mulatten durch.

1801 schwang er sich zum Alleinherrscher in Saint Domingue auf.

Auf diese reiche Kolonie wollte Napoleon nicht verzichten. Die Unabhängigkeitsbestrebungen beantwortete er mit der Entsendung von Truppen unter der Führung von General Leclerc, die den Aufstand niederschlugen und Toussant gefangen nahmen. Er wurde in Frankreich inhaftiert und starb dort 1803.

Als im Jahr 1802 die Sklaverei erneut eingeführt werden sollte, kam es zu einem weiteren Aufstand. Unter Führung ihres aus dem heutigen Ghana stammenden Generals Jean-Jacques Dessalines besiegten die Aufständischen die Franzosen unter dem Kommando ihres neuen Befehlshabers Rochambeau. Dessalines proklamierte im Westteil der Insel die Unabhängigkeit Haitis, das sich als »Erster Freier Negerstaat« bezeichnete. Im französisch besetzten östlichen Inselteil wurde wieder die Sklaverei eingeführt. Für kurze Zeit gelang es Dessalines 1805 auch diesen Inselteil zu besetzen. Der neue Staat war aber sehr instabil und hatte mit erheblichen wirtschaftlichen Schwierigkeiten zu kämpfen. Die Auseinandersetzungen zwischen Mulatten und Schwarzen führten zu einer zeitweiligen Spaltung in eine südliche Mulatten-Republik und einen nördlichen Staat mit schwarzer Bevölkerung.

Bereits 1808 verlor Haiti die Kontrolle über Santo Domingo wieder, welches erneut von Spanien beherrscht wurde, das 1822 dem neuen »Unabhängigen Staat Spanisch-Haiti« angeschlossen wurde. In einem weiteren Aufstand im Jahre 1844 trennte sich der westliche Inselteil als unabhängiger Staat »Santo Domingo ab.

Heute teilen sich die Staaten Haiti und Santo Domingo die Insel. So weit die Vorgeschichte.

Die Geschichte Polens am Beginn des 19. Jahrhunderts liefert die Erklärung dafür, dass Santo Domingo das »Grab der Polen« werden sollte. In drei Schritten wurde Polen unter seinen Nachbarn Russland, Preußen und Österreich so lange aufgeteilt, bis es als eigenständiger Staat nicht mehr existierte.

Der letzte polnische König Stanislaus August Ponia-towski wurde zur Abdankung gezwungen. Das war das Ende der »Rzeczpospolita«, der alten polnischen Adels-republik.

Fast zeitgleich führten Napoleons militärische Erfolge dazu, dass Oberitalien aus dem Habsburger-Reich herausgelöst wurde.

In der neu gegründeten Lombardischen Republik stellte der polnische General Henryk Darbrowski, der bereits 1794 am polnischen Aufstand gegen Russland teilgenommen hatte, einen Verband aus polnischen Freiwilligen auf. Diese Freiwilligen waren Exilanten oder hatten zuvor in der österreichischen Armee gedient und waren in französische Gefangenschaft geraten. Besoldet wurden diese Verbände zum Teil von der Lombardei zum anderen von Frankreich.

Mit dieser »polnischen Legion« hoffte Darbrowski zur Rückgängigmachung der Teilung Polens beitragen zu können. Die Franzosen setzten die polnischen Verbände aber für ihre eigenen Ziele ein. Zwischen 1797 und 1803 kämpften sie gegen Österreicher und Russen oder schlugen italienische Bauernaufstände nieder.

Während des Einsatzes in Italien waren die Soldaten zeitweilig großen Entbehrungen ausgesetzt. Johann Gottfried Seume, der mit General Darbrowski freundschaftlich verbunden war, schrieb in seinem »Spaziergang nach Syrakus«, der Tagesproviant eines Soldaten habe bisweilen aus acht Kastanien und vier Fröschen bestanden. Es gab aber wohl auch bessere Zeiten, denn an anderer Stelle berichtet er, dass die Franzosen von den Polen sagten dass sie tüchtige Burschen seien und

»wie die Wölfe fraßen, wie die Teufel soffen und wie die Löwen kämpften«.

In der Zeit ihrer Einsätze in Italien wurden die polnischen Legionen zu einer Art Schule der Nation. Bei den polnischen Legionären entstand die spätere polnische Nationalhymne:

»Noch ist Polen nicht verloren, solange wir leben«.

Die Legionäre glaubten fest an einen Marsch nach Warschau, an die Befreiung ihres Vaterlandes und die Wiedergeburt eines selbständigen Polen.

Es entwickelte sich ein regelrechter Napoleonkult in der Erwartung, dass der Erste Konsul der Franzosen ihnen die »Goldene Freiheit« Polens bringen würde. Diese Illusion begann nach 1801, nach dem Frieden von Lunéville zu zerrinnen. Es wurde klar, dass Polen für Napoleon unwichtig war. Eine große Zahl von Legionären quittierte daraufhin den Dienst. Für Bonaparte schienen die Legionen mehr und mehr zur Last zu werden.

Da gab es ein Ereignis, das für dieses Problem Abhilfe schaffen konnte.

Ein Aufstand auf der reichen Antilleninsel Hispaniola gefährdete die florierenden Geschäfte. Das in der französischen Revolution geforderte Ideal der Gleichheit hatte seine Wirkung auch auf Hispaniola entfaltet. Unter der Führung des ehemaligen Sklaven Toussaint LÓuverture vertrieben die Aufständischen die Franzosen aus den Machtpositionen, besiegten in erbitterten Kämpfen im Süden der Insel die Mulattenarmee und gaben der Insel eine Verfassung, die Frankreich nur noch eine nominelle Souveränität zugestand.

Napoleon war herausgefordert, zumal die Plantagenbesitzer bei Josephine, die Kreolin war und von der Insel Martinique stammte, ihren Einfluss geltend machten.

Napoleon entsandte ein Expeditionskorps in die Karibik, um die alte Ordnung wieder herzustellen und um die Sklaverei wieder einzuführen.

Die ersten 14 283 französischen Soldaten stachen am 19. November 1801 auf 32 Linienschiffen und 22 Fregatten und Korvetten nach Saint Domingue in See. Das Kommando hatte ein Schwager Napoleons, der General Victor-Emmanuel Leclerc. Er wurde begleitet von seiner Ehefrau Pauline und deren Hofdamen.

1802 und 1803 folgten zwei der drei in Italien stationierten polnischen Legionen, mit insgesamt 5280 Mann. Bei der Einschiffung in Livorno kommentierte Seume:

»Es hat das Ansehen, als ob Bonaparte alle Truppen, die ihm zu seinen Ansichten in Europa als etwas undienlich vorkommen, auf diese Weise fortzuschaffen suche.«

Das Schicksal der auf die Antillen gebrachten Polen lässt sich heute bis ins Detail rekonstruieren. Die Unterlagen dazu findet man in den französischen Armee- und Marinearchiven. Sie wurden von dem polnischen Militärhistoriker Jan Pachonski ausgewertet. Die dritte polnische Halbbrigade stach im Juli 1802 mit ca. 2570 Mann, die von ihren Frauen und Kindern begleitet waren, auf 12 Transportschiffen in See. Die Eskorte bestand aus zwei Briggs. Auf jedem Schiff fuhren ein Arzt und ein Apotheker mit. Die Verpflegung bestand aus Erbsen, Gemüse, Früchten, Wein und Getränken, denen Zitronen- oder Orangensaft zugesetzt war, um dem gefürchteten Skorbut entgegenzuwirken. Von der auf der Insel lauernden Krankheit Gelbfieber ahnte man noch nichts. Kommandeur dieser Einheit war der 33 jährige Franzose Bernard de Villecroze, der wegen eines Kieferndurchschusses Probleme beim Sprechen hatte. Die Sprachbarriere war ein gravierendes Problem, dass immer wieder zu schwerwiegenden Missverständnissen führte. Der Kommandeur verprellte die Polen auch damit, dass er für jede Kompanie einen französischen Offizier verlangte und einen französischen Fourier, das ist ein für Verpflegung und Unterkunft zuständiger Unteroffizier. Weiterhin ordnete er an, dass alle für ihn schwer auszusprechenden Namen abzuändern seien.

Bei der Landung bei Cap Francais und im Kampf um diesen Ort, erlebten die Polen die erste böse Überraschung. Ihr vermeintlicher Verbündeter, der Mulatten-General Clervaux ging mit seiner französischen Kolonialtruppe zu den Aufständischen über. Dadurch gerieten die Polen in große Bedrängnis. Sie hatten Dutzende von Toten und viele Verwundete zu beklagen. Eine Kompanie geriet in einen Hinterhalt. Den in die Hände der Aufständischen gefallenen Soldaten schnitt man Nasen und Ohren ab und stach ihnen die Augen aus. Anschließend wurden sie verbrannt. Der Kompaniechef hatte sich in einem Sumpf versteckt, wo er bis zum Hals im Schlamm stehend mit ansehen musste, was geschah. Wenige Tage später starb er in einem Lazarett. Sein Tod rettete ihn vor dem Kriegsgericht, denn man warf ihm Unfähigkeit und Feigheit vor und gab ihm die Schuld am Tod von 40 Soldaten und am Verlust von 50 Gewehren.

General Leclerc starb am 2. November 1802 am Gelben Fieber. Von seinem Expeditionskorps, dass im September 1802 nochmals aufgestockt worden war, waren in weniger als einem Jahr 4000 Mann gefallen und 16000 am Gelben Fieber gestorben. Von den restlichen Soldaten waren 60 bis 70 Prozent erkrankt. Die polnischen Verluste sind wahrscheinlich in diesen Zahlen enthalten. Von einem Bataillon sind die Zahlen genau bekannt. Danach lebten ein Jahr nach der Landung von 984 Mann noch sechs Offiziere und 14 Soldaten.

Neuer Kommandeur des Expeditionskorps wurde Donatien Marie Joseph Rochambeau.

Im Januar 1803 schickte Napoleon weitere Truppen in die Karibik, darunter die 2. polnische Halbbrigade mit 2487 Mann. Sie wurde in 114. Französische Halbbrigade umbenannt. Aus Sparsamkeitsgründen wurden ihre polnischen Uniformen aber beibehalten. Der Sold wurde um 50 Prozent Kolonialzulage aufgestockt. Außerdem wurde Offizieren und Mannschaften die französische Staatsagehörigkeit verliehen. Anfang März kamen sie in Cap Francais an. Nachdem er in den folgenden Monaten Ort für Ort aufgeben musste, verlegte Rochambeau sein

Hauptquartier in diese Stadt. Trotz der kritischen Lage gab man sich unbekümmert, besuchte das Theater und gab sich verschiedensten Vergnügungen hin.

Von Mai 1803 an gewannen die Aufständischen mehr und mehr die Oberhand. Die Engländer, die bislang nur Waffen und Munition an die Aufständischen geliefert hatten, griffen jetzt auch aktiv in die Auseinandersetzungen ein und verhängten eine Seeblockade. Von ihrem Stützpunkt Jamaika aus brachten sie die für Santo Domingo bestimmten Schiffe auf und plünderten sie. Viele in Gefangenschaft geratene Polen waren nach

Jamaika gebracht worden. Die Engländer versuchten, sie für ihre Armee anzuwerben. Erwiesen ist, dass 500 Polen in die englische Armee gepresst wurden. Sie wurden später in Spanien zwischen 1808 und 1810 gegen die Franzosen eingesetzt. 150 von ihnen gelang es, zu polnischen Verbänden auf französischer Seite überzulaufen. Auf Jamaika kam es zu einem florierenden Sklavenhandel mit Europäern. In einem Bericht heißt es, dass ein Anführer der Aufständischen dem Kapitän der britischen Fregatte »Tartar« 120 Polen für 74 Dollar pro Kopf verkauft habe.

Den französischen Marine-Archiven ist zu entnehmen, dass die Franzosen zwischen dem 14. Januar 1802 und dem 30. November 1803 ihren Oberbefehlshaber, fünf Divisionsgeneräle, 14 Brigadegeneräle, 1500 Offiziere, 750 Sanitätsoffiziere, 35000 Fußsoldaten, 8000 Marinesoldaten, 2000 Beamte und 3000 Zivilisten verloren hatten. 8000 Mann gerieten in britische Gefangenschaft. Bei den Aufständischen sollen 80000 Tote zu beklagen gewesen sein.

Von den auf den Antillen eingesetzten 5280 Polen sollen mehr als 4000 den Tod gefunden haben. Die Todesursache war, wie auch bei den Franzosen, überwiegend das Gelbe Fieber. Ein weiterer Grund für diese Verluste waren die Fehler und Schwächen bei Planung und Ausführung der Militäraktion. Die Verantwortlichen hatten nur die strategisch wichtigen Punkte im Blick. Das Hinterland, in dem der Aufstand seine Basis hatte, wurde sträflich vernachlässigt.

Besonders die Polen hatten mit der ihnen nicht vertrauten Kampftechnik der Aufständischen große Probleme. Der Stabschef des Expeditionskorps Drouin de Bercy hatte zwar empfohlen, sich wie die Indianer zu verhalten, während des Marsches Abstand zu halten, beim Rasten kein Feuer zu machen, Deckung hinter Sträuchern und Hecken zu suchen und auf rasche Feuerbereitschaft zu achten. Die Polen hielten aber am alten Kampfmuster fest, dem Kampf im Haufen. Auf einen kolonialen Guerilla-Krieg waren sie in keiner Weise vorbereitet. Hinzu kam, dass ihre Bewaffnung völlig unzureichend war. Eine Inspektion bei der 2. Halbbrigade ergab, dass 60 Prozent der Gewehre unbrauchbar war. Nachteilig wirkte sich wiederum die Sprachbarriere aus. Die in Französisch gegebenen Gefechtsanweisungen wurden oftmals nicht oder falsch verstanden.

Nur etwa 180 Polen kehrten von Santo Domingo nach Frankreich zurück. Ihre Hoffnung, für ihre Loyalität und ihren Einsatz belohnt zu werden, erfüllte sich nicht. Die Offiziere wurden auf halben Sold gesetzt und zudem zusammen mit den Mannschaften in die Provinz nach Challons-sur-Marne abgeschoben.

500 Polen gerieten in englische Gefangenschaft, 200 siedelten sich auf Kuba und in den Vereinigten Staaten an, etwa 400 blieben auf Santo Domingo. Zumeist heirateten sie Einheimische und wurden Bauern. Die von Jean-Jacques Dessalines, der sich zum Kaiser ausrufen ließ, erlassene Verfassung, gab ihnen das Recht zu bleiben. Es soll noch heute polnische Namen auf der Insel geben. 160 dieser Polen, die von Heimweh erfasst wurden, durften die Insel verlassen und segelten mit der Fregatte »Tartar«, die schon einmal Polen transportiert hatte, nach Jamaika. Die Weiterreise nach Europa wurde

ihnen jedoch von dem englischen Statthalter Jamaikas verwehrt. Sie sollten in englische Dienste treten. Als sie sich weigerten, wurden sie nach Haiti zurückgeschickt. Auf Haiti wollte man sie aber auch nicht mehr. Schließlich gelang es, die amerikanische Fregatte »Ontario« anzuheuern, von der die Polen nach New York gebracht wurden. Von dort aus segelten sie erst nach Kopenhagen um Ende 1805 endlich in Danzig anzukommen.

Trotz der großen Opfer, die von den Polen gebracht worden waren, waren sie ihrem Ziel, der Wiedererstehung eines polnischen Staates keinen Schritt näher gekommen. Zeitweilig war auch das Vertrauen in Napoleon deutlich gesunken. Der polnische Brigadegeneral Antoni Kosinski etwa äußerte: »Wenn der Erste Konsul nach Polen käme, würde er von den Verwandten derer gesteinigt, die man nach San Domingo geschickt hat.«

Trotz dieser bösen Erfahrungen kämpften manche Legionäre bereits 1807 bei Friedland wieder auf französischer Seite gegen die Russen.

Im November 1808 verhalf eine polnische Cheveaulegers-Schwadron Napoleon in Spanien am Samosierra-Pass mit einer Attacke zum »billigsten Sieg« seiner Karriere.

70000 Polen wurden 1812 zwangsweise in die Grande Armee eingereiht, die in Russland fast völlig vernichtet wurde.

In der Völkerschlacht von Leipzig fielen 16000 Polen. Unter ihnen ihr Führer General Jozef Poniatowski.

Wie zuvor auf Haiti, brachten auch diese Opfer nicht den erhofften Erfolg – die Auferstehung Polens.

Das oben geschilderte Schicksal der polnischen Legionen Napoleons zeigt exemplarisch den bis heute üblichen Umgang der politisch und militärisch Mächtigen mit Hilfstruppen und Verbündeten, oder wie man früher sagte: Hilfsvölkern.

Sie werden benutzt und dann weggeworfen.

Literaturhinweis:

Prof. Dr. Heinrich Kunstmann / 2005:Sie kämpften wie die Löwen.

In: Damals 11/2005. S.62 ff.

Vom gleichen Autor sind bisher erschienen:

Gesiebte Luft / oder Mehmed Demirci: 2004.
Books on Demand Norderstedt:
ISBN 3-8334-1135-X

Pro gloria et patria? /die totale Institution Militär am Beispiel der brandenburgisch-preußischen Armee: 2004.
Books on Demand Norderstedt:
ISBN 3-8334-1209-7

Sie fuhren zur See, Bd.1 : 2005.
Books on Demand Norderstedt:
ISBN 38334-2773-6